[Progr]ammes de 1902. — Classes de 4e et de 3e.

RIEMANN & GOELZER

LA PREMIÈRE GRAMMAIRE GRECQUE

Livre du Maître

Librairie Armand Colin

5, rue de Mézières, Paris.

Prix : 1 fr. 25

Programmes de 1902. — Classes de 4e et de 3e.

LA PREMIÈRE GRAMMAIRE
GRECQUE

THÉORIE ET EXERCICES
THÈMES ET VERSIONS — TEXTES D'APPLICATION

PAR MM.

Othon RIEMANN
Maître de conférences
à l'École normale supérieure.

&

Henri GOELZER
Maître de conférences
à l'École normale supérieure.

Livre du Maître

PAR

M. Jules BARBIER
Professeur au collège de Compiègne.

LIBRAIRIE ARMAND COLIN
5, RUE DE MÉZIÈRES, PARIS

1902

LA

PREMIÈRE GRAMMAIRE GRECQUE

Livre du Maître

NOTIONS PRÉLIMINAIRES

[Élève, p. 6] **QUESTIONNAIRE**

1. Le *point en haut* remplace notre point et virgule et nos deux points; — le *point et virgule* équivaut à notre point d'interrogation. — 2. On appelle *iôta souscrit*, un ι qu'on trouve quelquefois *sous* les voyelles longues α, η, ω.

[Élève, p. 7] **QUESTIONNAIRE**

1. Le *th* français correspond au θ. — 2. *Dzéla, Xi, Psi.* — 3. *Chi* (ch dur).

[Élève, p. 9] **1. Exercice d'écriture.**

Ἀήρ. — Ἀγορά. — Ἀδελφός. — Ἀδικία. — Βαδίζω. — Βασιλεία. — Βίος. — Βλάβη. — Βλάπτω. — Βραχεῖα. — Γλῶττα. — Γνώμη. — Δεσπότης. — Διδάσκω. — Δόξα. — Δράκων. — Ἐγγύς. — Ἐγχειρίδιον. — Ἐχθρός. — Ἔχω. — Ἡδονή. — Ἡμέρα. — Ἡσυχία. — Ἧττα.

[Élève, p. 10] **2. Exercice d'écriture.**

Θάλαττα, — Θάνατος. — Θαυμάζω. — Θεός. — Θήρ. — Θήρα. — Θηρευτής. — Ὕδωρ. — Θνητός. — Ἰατρός. —

Ἵππος. — Ἰσχυρός. — Κακία. — Κακός. — Καλός. — Κώμη. — Λέγω. — Λέων. — Λύπη.

[Élève, p. 11] **3. Exercice oral.**

Lire à haute voix...

(Ne comporte pas de corrigé.)

[Élève, p. 11] **4. Exercice oral.**

Lire à haute voix...

(Ne comporte pas de corrigé.)

CHAPITRE PREMIER

L'ARTICLE, LE SUBSTANTIF ET L'ADJECTIF

PREMIÈRE DÉCLINAISON

[Élève, p. 15] **5. Exercice.**

Déclinez sur ἡμέρα...

(Ne comporte pas de corrigé.)

[Élève, p. 15] **6. Exercice.**

§§ 34 et 35. *Noms en* α, *gén.* ας.

1. Nous voyons les oliviers. — **2.** La haine est la cause de l'injustice. — **3.** La maison a des portes. — **4.** Le soir amène la tranquillité. — **5.** Sur la place publique et dans les rues il y a (*littéral.* sont) des maisons. — **6.** Les oliviers donnent (*littéral.* portent) de l'ombre. — **7.** La méchanceté engendre le malheur. — **8.** Le pont était près du portique. **9.** Où sont les oliviers? Près du pont. — **10.** La paresse est ennemie de l'éducation. — **11.** La lâcheté amène le déshonneur, l'injustice [amène] la haine.

[Élève, p. 15] **7. Exercice.**

1. Αἱ ἐλαῖαι εἰσί πρὸς τῇ γεφύρᾳ. — 2. Βλέπομεν τὴν οἰκίαν. — 3. Ἡ χώρα τίκτει ἐλαίας. — 4. Ἐν τῇ ἀγορᾷ ἦν ἐλαία. — 5. Ἡ ἀτυχία ἐνίοτε τιμωρία ἐστίν. — 6. Πρὸς τῇ γεφύρᾳ οἰκίαι εἰσίν. — 7. Ποῦ ἐστιν ἡ γέφυρα; Πρὸς ταῖς ἐλαίαις. — 8. Ἡ δειλία τίκτει κακίαν. — 9. Ἡ ἔχθρα φέρει ἀδικίαν. — 10. Πρὸς τῇ στοᾷ ἐστιν ἡ ἀγορά. — 11. Φεύγετε τὴν κακίαν καὶ τὴν ἀργίαν. — 12. Ἡ μωρία ἐστί πολλάκις αἰτία ἀτυχίας.

[Élève, p. 17] **8. Exercice.**

Déclinez sur δικαία les adjectifs suivants...

(Ne comporte pas de corrigé.)

[Élève, p. 17] **9. Exercice.**

Déclinez sur δόξα les substantifs féminins suivants...

(Ne comporte pas de corrigé.)

[Élève, p. 17] **10. Exercice.**

§§ 36 et 37. *Substantifs et adjectifs fém. en α, gén. ης.*

1. Sans audace, les armées ont le dessous. — 2. L'armée montra de l'audace et de la bravoure dans le combat. — 3. Souvent la pauvreté est cause de la soif et de la faim. — 4. Admirez la sagesse des abeilles. — 5. Le pays est maintenant sous la mer. — 6. Les abeilles étaient auprès de la racine.

[Élève, p. 17] **11. Exercice.**

1. Εἰκάζουσι τὴν γλῶτταν μαχαίρᾳ. — 2. Ἄρχε τῆς γλώττης. — 3. Ἄνευ ὁμονοίας εὐδαιμονία οὐκ ἔστιν. — 4. Αἱ γλῶτται τιτρώσκουσι πολλάκις μᾶλλον ἢ αἱ μάχαιραι. — 5. « Ἐν θαλάττῃ σπείρεις » ἦν παροιμία. — 6. Τὴν τῶν μελιττῶν φιλεργίαν θαυμάζομεν.

[Élève, p. 18]

12. Exercice.

Déclinez sur κεφαλή...

(Ne comporte pas de corrigé.)

[Élève, p. 19]

13. Exercice.

§ 38. *Substantifs et adjectifs fém. en η, gén. ης.*

1. La vertu est le bonheur et la liberté. — **2.** La sagesse est le commencement du bonheur. — **3.** La piété est non pas l'esclavage mais la liberté de l'âme. — **4.** Le silence sied aux jeunes filles. — **5.** La justice est une vertu. — **6.** La colère est souvent le commencement de la haine. — **7.** La science est la nourriture des âmes. — **8.** La pauvreté est souvent une cause de vertus. — **9.** Parfois ce n'est pas la folie mais la sagesse qui est le motif du silence. — **10.** Les plaisirs sont souvent la source du chagrin.

[Élève, p. 19]

QUESTIONNAIRE

1. Parce que ἀρχή est attribut du sujet et qu'en grec le substantif attribut ne prend pas l'article, même quand il est pris dans un sens déterminé (§ 33). — **2.** Non : dans cette phrase ἀρετή est pris dans un sens indéterminé.

[Élève, p. 19]

14. Exercice.

Règle 33.

1. Ἡ ἀρετή ἐστι ῥώμη τῆς ψυχῆς. — **2.** Ἡ εὐσέβειά ἐστιν ἀδελφὴ τῆς δικαιοσύνης. — **3.** Ἡ φιλία ἐστὶ συγγένεια τῶν ψυχῶν. — **4.** Ἡ ἔρευνά ἐστιν ἀρχὴ τῆς ἐπιστήμης. — **5.** Ἡ ἀρετή ἐστιν ἡδονῆς καὶ εὐτυχίας πηγή. — **6.** Στέργομεν τὴν εἰρήνην καὶ τὴν ἡσυχίαν. — **7.** Ὦ κόραι, στέργετε μὲν τὴν σοφίαν καὶ τὴν σωφροσύνην, φεύγετε δὲ τὴν κακίαν καὶ τὴν ἄνοιαν. — **8.** Ἡ εὔνοιά ἐστιν ἀρχὴ τῆς φιλίας. — **9.** Ἡ μνχία ἐστὶν οὐ κακία ἀλλὰ ἀρρωστία τῆς ψυχῆς. — **10.** Ἡ ἀτυχία ἐστὶ πολλάκις τῆς εὐσεβείας καὶ τῆς σοφίας πηγή.

[Élève, p. 19] **QUESTIONNAIRE**

1. Sur ἡμέρα. — **2.** Ἡ ῥίζα. — **3.** Γέφυραν, τόλμαν, παιδείαν. — **4.** L'article français ne se traduit pas en grec quand le substantif est attribut.

[Élève, p. 20] **15. Exercice.**

1° Déclinez sur ἀγαθή... ; 2° Déclinez ensemble...

(Ne comporte pas de corrigé.)

[Élève, p. 21] **16. Exercice.**

§ 39. *Substantifs masculins en ας, gén. ου.*

1. La langue est souvent une cause de haine. — **2.** La piété dans les malheurs est un rocher dans la mer. — **3.** Dans les bois il y a des sources et des rochers. — **4.** La justice sied à la royauté. — **5.** Nous aimons les abeilles. — **6.** La lâcheté n'est pas toujours la cause de la défaite. — **7.** L'injustice est la cause des inimitiés. — **8.** Les victoires apportent à l'armée de la gloire et de l'honneur. — **9.** Le jour apporte du chagrin et du plaisir. — **10.** La piété est le commencement des vertus, la paresse [celui] des vices.

[Élève, p. 21] **17. Exercice.**

1. Ἡ δόξα ἐστὶ σκία τῆς ἀρετῆς. — **2.** Ἡ ἀνδρεία καὶ ἡ τόλμα εἰσὶν ἀδελφαί. — **3.** Αἱ ἐπιθυμίαι εἰσὶ πηγαὶ (*Voyez* Ex. 13, phr. 10) τῆς πονηρίας. — **4.** Αἱ ἀρεταί εἰσιν ἐν δόξῃ καὶ ἐν τιμῇ. — **5.** Ἡ ανδρεία φέρει ταῖς στρατιαῖς τιμὴν καὶ νίκην. — **6.** Αἱ ἐκκλησίαι ἦσαν ἐν τῇ ἀγορᾷ. — **7.** Αἱ νῆτται νήχουσιν ἐν τῇ θαλάττῃ. — **8.** Ἡ πενία ἐστὶ πολλάκις αἰτία πείνης καὶ δίψης. — **9.** Θαυμάζομεν τὴν τῶν μελιττῶν σοφίαν.

[Élève, p. 21] **QUESTIONNAIRE**

1. Στοᾶ, τόλμα. — **2.** Les substantifs féminins de la première déclinaison se déclinent tous de même au pluriel ; leurs terminaisons sont celles de l'article au féminin pluriel. — **3.** Τῶν λευκῶν πετρῶν. — **4.** Τὴν δεινὴν ἅμιλλαν.

[Élève, p. 22] **18. Exercice.**

Déclinez : 1° sur νεανίας... ; 2° sur πολίτης...

(Ne comporte pas de corrigé.)

[Élève, p. 23] **19. Exercice.**

§ 40. *Substantifs masculins en ής, gén. ου.*

1. Il convient au juge d'aimer la justice. — 2. Jeunes gens, aimez la modestie. — 3. Dans les forêts il y a des brigands. — 4. Les Muses aiment le poète. — 5. Les sénateurs veillent aux intérêts des citoyens. — 6. La bravoure et l'audace siéent aux soldats. — 7. Où fuyez-vous, soldats? — 8. Les Spartiates étaient amoureux d'honneur et de gloire. — 9. Les artisans aiment la tranquillité. — 10. Les victoires apportent de l'honneur aux soldats.

[Élève, p. 23] **20. Exercice.**

1. Ποῦ εἰσὶν οἱ οἰκέται ; Ἐν τῇ ἀγορᾷ. — 2. Ἡ τεχνὴ τρέφει τὸν τεχνίτην. — 3. Ὦ στρατιῶται, ἀνοίγετε τὰς πύλας. — 4. Εἰκάζουσι τοὺς ποιητὰς ταῖς μελίτταις. — 5. Οἱ Σκύθαι ἦσαν τοξόται. — 6. Ξέρξης ἦν δεσπότης τῆς Ἀσίας. — 7. Οἱ στρατιῶται βδελύττονται τὸν προδότην. — 8. Οἱ πολῖταί εἰσιν ἐν τῇ ἀγορᾷ. — 9. Οἱ ναῦται πιστεύουσι τοῖς κυβερνήταις. — 10. Οἱ κυβερνῆται φυλάττουσι τὰς πέτρας. — 11. Τοῖς ναύταις ἡ σελήνη ἦν σωτηρίας αἰτία. — 12. Οὐ πρέπει στρατιώτῃ φεύγειν τὴν μάχην.

[Élève, p. 23] **QUESTIONNAIRE**

1. Τοῦ δεσπότου· — τοῖς δεσπόταις· — τὸν δεσπότην. — 2. Le génitif pluriel de ὁ στρατιώτης. — 3. Εὐριπίδη. — 4. Τῷ προδότῃ. — Σπαρτιᾶτα.

[Élève, p. 24] **21. Exercice.**

Règles 41, 48.

1. La vertu est toujours nouvelle. — 2. La pauvreté n'était pas odieuse à Épaminondas. — 3. Le pays est sec et aride. — 4. Dans les forêts il y a des sources fraiches. — 5. L'esclavage est une source de passions honteuses. —

6. Les hoplites montrèrent une bravoure étonnante. — **7.** Souvent de petits plaisirs amènent de grands chagrins. — **8.** Les défaites attachent aux soldats une honteuse réputation. — **9.** Les mauvais désirs amènent du dommage. — **10.** Dans le Pécile nous vîmes de belles peintures.

[Élève, p. 25]

22. Exercice.

1. Ἡ τύχη ἐσπὶ τυφλή. — **2.** Ἡ Ἀττικὴ χώρα ἐστὶ σκληρὰ καὶ ξηρά. — **3.** Αγαθὴ παιδεία ἐστὶ πηγὴ εὐδαιμονίας. — **4.** Ἐγγὺς τῆς στοᾶς εἴδομεν καλὰς δάφνας. — **5.** Μικραὶ αἰτίαι πολλάκις τίκτουσι δεινὴν βλάβην. — **6.** Αἱ Ξέρξου οἰκίαι θαυμασταὶ ἦσαν. — **7.** Οἱ κυβερνῆται ἔμπειροί εἰσιν τῶν τῆς Ἐρυθρᾶς θαλάττης πετρῶν. — **8.** Ὦ νεανίαι, φεύγετε τὰς κακὰς ἐπιθυμίας. — **9.** Ἐγγὺς τῶν ἐλαιῶν ἦν καθαρὰ πηγή. — **10.** Ἡ μὲν ἡμέρα θερμὴ, ἡ δὲ ἑσπέρα ἐστὶ ψυχρά.

[Élève, p. 27]

23. Exercice.

Règles 49, 50 *et récapitulation.*

1. Les ombrages de la forêt sont frais et agréables. — **2.** Le Pécile était dans Athènes. — **3.** Les maisons du village sont petites et étroites. — **4.** L'ombre des lauriers est agréable pour la maison. — **5.** Les abeilles sont petites à la vérité, mais elles sont habiles. — **6.** Parfois les nuages sont pleins de grêle. — **7.** Le pays des Spartiates n'était pas riche. — **8.** Les pilotes fuient les rochers de la mer. — **9.** Les domestiques craignent la colère terrible du maître.

[Élève, p. 27]

24. Exercice.

Récapitulation et règles 46, 50.

1. Ἡ τῶν νεανιῶν φιλία ἐστὶ βεβαία. — **2.** Ὦ δέσποτα, θαύμαζε τὴν τῶν οἰκετῶν προθυμίαν. — **3.** Ἐν τῇ Ἐρυθρᾷ θαλάττῃ δειναὶ πετραί εἰσιν. — **4.** Ὁ δεσπότης οὐ πιστεύει τῇ νέᾳ δούλῃ. — **5.** Ἡ τῶν στρατιωτῶν ἀνδρεία ἦν θαυμαστή. — **6.** Καλὰς δάφνας εἴδομεν πρὸς τῇ λιθίνῃ γεφύρᾳ. — **7.** Αἱ τῆς στρατιᾶς νίκαι θαυμασταὶ ἦσαν. — **8.** Ἡ ἑσπέρα ἐστὶ τελευτὴ τῆς ἡμέρας. — **9.** Ἆρ' οὐ θαυμάζετε τὴν τῶν μελιττῶν φιλεργίαν.

DEUXIÈME DÉCLINAISON

[Élève, p. 29]

25. Exercice.

Déclinez sur λόγος, les substantifs *masculins*...

(Ne comporte pas de corrigé.)

[Élève, p. 29]

26. Exercice.

Déclinez sur νῆσος les substantifs *féminins*...

(Ne comporte pas de corrigé.)

[Élève, p. 30]

27. Exercice.

§§ **52** et **53**. *Substantifs masc. et fém. en* ος, *gén.* ου.

1. Les laboureurs ont des chevaux et des ânes. — **2.** Nous avons vu des aigles. — **3.** Nous nous fions à nos amis. — **4.** Auprès du fleuve il y a des jardins. — **5.** Où est le crocodile? — Dans le fleuve. — **6.** Le laboureur ne se fie pas à la nouvelle servante. — **7.** Il ne convient pas aux hommes de fuir la fatigue. — **8.** Les sangliers de la forêt apportent [causent] du dommage aux champs. — **9.** Les pilotes offraient l'encens aux déesses de la mer. — **10.** [Ce] n'[est] pas la pauvreté, mais la richesse qui apporte des dangers à l'âme de l'homme.

[Élève, p. 31]

28. Exercice.

1. Οἱ νεανίαι εἶδον τὸν ἀετόν. — **2.** Ὁ χρόνος ἐστὶ διδάσκαλος τῶν ἀνθρώπων. — **3.** Οἱ Πέρσαι θύουσι τῷ ἡλίῳ καὶ τῇ σελήνῃ. — **4.** Ὦ πολῖται. πείθεσθε τοῖς νόμοις. — **5.** Αἱ τοῦ Εὐφράτου πηγαί εἰσιν ἐν τῇ Ἀρμενίᾳ. — **6.** Ἐν τῷ πρὸς τοὺς Πέρσας πολέμῳ, οἱ Λακεδαιμόνιοι ἦσαν σύμμαχοι τῶν Ἀθηναίων. — **7.** Οἱ τῆς Λυδίας ποταμοὶ χρυσὸν φέρουσιν. — **8.** Ὁ ὕπνος καὶ ὁ θάνατος ἀδελφοί εἰσιν. — **9.** Ὦ φίλοι, χαίρετε. — **10.** Οἱ νεανίαι προσέφερον λιβανωτὸν τοῖς θεοῖς.

[Élève, p. 31] **29. Exercice.**

§§ 52 et 53. *Substantifs masc. et fém. en* ος, *gén.* ου.

1. L'envie est une maladie de l'âme. — 2. [C'est] à la pierre de touche [que] nous reconnaissons l'or et à l'infortune [que nous reconnaissons] les amis. — 3. Souvent les médecins ne reconnaissent pas les maladies des hommes. — 4. Sur le continent il y des forêts, des champs, des rochers et des fleuves. — 5. Le malheur est la pierre de touche de l'amitié. — 6. Les Athéniens étaient maîtres du continent et des îles. — 7. Nous avons vu des ours dans l'île.

[Élève, p. 31] **30. Exercice.**

1. Ὁ κίνδυνός ἐστι τῆς ἀρετῆς βάσανος. — 2. Ἐν τῷ ποταμῷ εἰσι νῆσοι. — 3. Αἱ βάλανοί εἰσι τροφὴ τῶν κάπρων. — 4. Αἱ μέριμναι πολλάκις ἀνθρώποις εἰσὶν νόσων αἰτία. — 5. Ὦ παρθένοι, στέργετε τὴν σωφροσύνην. — 6. Αἱ βίβλοι ἡδονῶν πηγαί εἰσι τοῖς νεανίαις καὶ τοῖς ἀνδράσιν. — 7. Αἱ τῆς χώρας ἄμπελοι παρέχουσιν ἀγαθὸν οἶνον.

[Élève, p. 32] **31. Exercice.**

Déclinez sur ἔνδοξος, au *masculin* et au *féminin* les adjectifs...

(Ne comporte pas de corrigé.)

[Élève, p. 32] **32. Exercice.**

Déclinez sur δῶρον les substantifs...

(Ne comporte pas de corrigé.)

[Élève, p. 33] **33. Exercice.**

Déclinez au *masculin* et au *neutre* les adjectifs...

(Ne comporte pas de corrigé.)

[Élève, p. 33] **34. Version.**

La mort termine la vie des hommes. Mais aussi les chagrins et les joies de la vie ont un terme à [par] la mort. Nous appelons donc justement la mort le médecin des peines. Un proverbe dit que la mort et le sommeil sont frères. En effet de même que par la mort les fatigues et les peines des hommes sont terminées, de même dans le sommeil l'homme oublie les peines de la vie. Donc les sages et les justes ne craignent pas la mort. Chez les anciens on croyait (*litt.* opinion était) que le dieu Hermès conduisait les âmes des morts dans la demeure d'Hadès (dans les enfers).

[Élève, p. 33]

QUESTIONNAIRE

1. Oui. — 2. Le nominatif, le vocatif et l'accusatif. — 3. Δύσβατος. — 4. Μικρά.

[Élève, p. 34]

35. Exercice.

Règle 56.

1. Les yeux sont l'ornement du visage. — 2. Nous reconnaissons les amis à leurs œuvres (*litt.* par les œuvres). — 3. Le sceptre est le signe du commandement. — 4. La victoire est le prix des fatigues et des dangers. — 5. Démocrite disait que la parole est l'ombre de l'acte. — 6. Il y avait des traîtres dans le camp des ennemis. — 7. Les javelots et les arcs étaient les armes des soldats armés à la légère. — 8. Dans les jardins du laboureur il y avait de belles roses et de belles violettes. — 9. Il ne faut pas juger les actes d'après les paroles, mais les paroles d'après les actes.

[Élève, p. 34]

36. Exercice.

Règle 56.

1. Ἡ Αἴγυπτός ἐστι δῶρον τοῦ Νείλου. — 2. Ὅμηρος τοὺς ἀνθρώπους εἰκάζει τοῖς τῶν δένδρων φύλλοις. — 3. Τὰ τρόπαιά ἐστι τῆς νίκης σημεῖα. — 4. Τὸ τῶν πολεμίων στρατόπεδον ἦν ἐν τῷ πεδίῳ. — 5. Τὰ δάκρυα λύπης σημεῖόν ἐστιν. — 6. Οἱ τοῦ στρατηγοῦ ἔπαινοι ἆθλον τῆς μάχης εἰσὶ τοῖς στρατιώταις. — 7. Τὰ τῶν Περσῶν ὅπλα ἦν λόγχαι καὶ τόξα. — 8. Πρὸς τοῖς δένδροις ἐστὶ χόρτος μεστὸς ῥόδων καὶ ων. — 9. Οὐχ οἱ λόγοι, ἀλλὰ τὰ ἔργα ἐπαίνου ἄξιά ἐστιν.

[Élève, p. 35]

37. Texte d'application.

1° Traduction.

LA BICHE ET LA VIGNE

Une biche, fuyant des chasseurs, se cacha sous une vigne. Quand les chasseurs l'eurent un peu dépassée, la biche se mit à manger des feuilles à la vigne. Mais les feuilles remuant, les chasseurs revinrent sur leurs pas et, convaincus qu'un animal se cachait sous les feuilles, tuèrent la biche à coups de flèches. « J'ai le sort que je mérite, dit-elle en mourant, car je n'aurais pas dû faire du mal à ma bienfaitrice. »

2e Analyse.

Ἔλαφος, *biche*, subst. comm. au nom. fém. sing. génit. ἐλάφου, sujet de ἀπεκρύψατο.

Κυνηγούς, *chasseurs*, subst. comm. acc. masc. plur. de κυνηγός, οῦ, complém. direct de φεύγουσα.

Ἄμπελον, *vigne*, subst. comm. acc. fém. sing. de ἄμπελος, ου, gouverné par la préposition ὑπό.

Ἐκείνων, *ceux-là*, pron. démonst. gén. masc. pl. de ἐκεῖνος, ου, génitif absolu.

Ὀλίγον, *un peu*, adj. acc. neut. sing. de ὀλίγος, ου, employé comme adverbe.

Ἔλαφος, *biche*, subst. comm. nom. f. sing., sujet de ἤρξατο.

Ἀμπέλου, *vigne*, subst. comm. gén. f. sing., complém. déterm. de φύλλων.

Φύλλων, *feuilles*, subst. comm. gén. neut. pl. de φύλλον, ου, complém. de ἐσθίειν.

Τούτων, *celles-ci*, pron. démonst. gén. neut. pl. de οὗτος, αὕτη, τοῦτο, génitif absolu.

Σειομένων, *remuant*, part. prés. gén. neut. pl. de σειόμενος, η, ον, génitif absolu.

Κυνηγοί, *chasseurs*, subst. comm. nom. m. pl. de κυνηγός, ου, sujet de ἀνεῖλον.

Ζῷον, *animal*, subst. comm. acc. neut. sing. de ζῷον, ου, sujet du verbe λανθάνειν (propos. infin.).

Φύλλοις, *feuilles*, subst. comm. dat. neut. pl. de φύλλον, ου, compl. circ. de λανθάνειν, gouverné par la préposition ὑπό.

Οἰστοῖς, *flèches*, subst. comm. masc. pl. de οἰστός, ου, compl. circ. de ἀνεῖλον.

Ἔλαφον, *biche*, subst. comm. acc. fém. sing., compl. dir. de ἀνεῖλον.

Δίκαια, adj. qual. pris subst. acc. n. pl. de δίκαιος, α, ον, compl. dir. de πέπονθα.

[Élève, p. 36]

38. Exercice.

Règle 56 et Récapitulation.

1. Une grave maladie fut cause de la mort. — 2. La mer est calme aujourd'hui. — 3. J'ai vu dans la maison de grands coffres. — 4. Les soucis causent souvent aux hommes de graves maladies. — 5. Dans les forêts il y a des animaux sauvages. — 6. Les Perses avaient des armes brillantes. — 7. Les actions honteuses ne sont pas dignes d'un homme de bonne famille. — 8. Les hommes de bonne famille détestent les actions honteuses. — 9. Les mauvaises actions produisent de mauvais fruits (*litt.* un mauvais fruit). — 10. Un visage brillant est l'image de la joie.

[Élève, p. 37]

39. Exercice.

Règle 56 et Récapitulation.

1. Ἡ ὑποψία ἐστὶ δεινὸν κακὸν ἀνθρώποις. — 2. Ἡ Σπάρτη ἀτείχιστος ἦν. — 3. Πρὸς τῇ οἰκίᾳ ἦν κάλα δένδρα. — 4. Ἡ θάλαττα τήμερον ἀδιάβατός ἐστι ταῖς σκαφίσι. — 5. Οἱ Ἀθηναῖοι εἶχον μικρὰ ἀκόντια καὶ μακρά τόξα. — 6. Τὰ τῶν Περσῶν ὅπλα ἦν λαμπρά. — 7. Ὦ νεανίαι, φεύγετε αἰσχρὰ ἔργα. — 8. Αἱ τῆς ὕλης ὁδοὶ πολλάκις εἰσὶ στεναὶ καὶ ἀδιάβατοι. — 9. Θάλαττα πολλάκις ἀπρόσιτος τοῖς ναύταις διαχωρίζει τὴν ἤπειρον ἀπὸ τῶν νήσων.

TROISIÈME DÉCLINAISON

[Élève, p. 37]

QUESTIONNAIRE

1. Dans les participes, le vocatif est toujours semblable au nominatif. — 2. ος. — 3. Ceux qui ont le génitif singulier en ος.

[Élève, p. 38]

40. Exercice.

Déclinez sur κόραξ...

(Ne comporte pas de corrigé.)

[Élève, p. 39]

41. Exercice.

§ 61. *Substantifs masc. et fém. sur κόραξ.*

1. Les Arabes ont des chevaux de bonne race et beaux. — 2. Les terriers des renards et les [nids] des chouettes sont

dans les forêts. — 3. Les discours du flatteur corrompent les âmes des jeunes gens. — 4. Le trompette donne le signal du combat avec [sa] trompette. — 5. Les poils du renard sont roux. — 6. La chair de la chèvre est molle. — 7. Des jeunes gens de bonne famille étaient les gardes du tyran. — 8. Il y avait des chèvres sauvages dans le pays des Ethiopiens.

[Élève, p. 39]

42. Exercice.

1. Οἱ κήρυκες εἶχον μακρὰ σκῆπτρα. — 2. Οἱ τῶν γλαυκῶν ὀφθαλμοὶ τυφλοὶ εἰσιν ἡμέρας. — 3. Αἱ τῶν αἰγῶν τρίχες εἰσὶ μακραί. — 4. Αἱ γλαῦκες ἐν ὑψηλοῖς δένδροις ἔχουσι τὰς οἰκίας. — 5. Ἡ χώρα ἐστὶ μεστὴ ἀλωπέκων. — 6. Οἱ τῶν Ἀράβων ἵπποι εἰσὶ περιβόητοι. — 7. Οἱ Πυθαγόρου μαθηταὶ οὐκ ἤσθιον τὴν τῶν ζῴων σάρκα. — 8. Ἡ τοῦ Ξέρξου ψυχὴ ὑπὸ τῶν κολάκων διεφθάρη. — 9. Οἱ Αἰθίοπες Δαρείῳ φύλακας παρεῖχον.

[Élève, p. 39]

QUESTIONNAIRE

1. Ἀλώπηξ, — γλαῦξ, — φύλαξ. — 2. Ὁ κῆρυξ, — ἡ γλαῦξ, — ἡ αἴξ, — ἡ ἀλώπηξ, — ἡ σάρξ, — ὁ φύλαξ. — 3. Αἰγί, — Ἄραβι, — κόλακι, — τριχί, — φύλακι. — 4. Ἄραβα, — σάλπιγγα, — τρίχα, — σάρκα. — 5. Ἄραβας, — σάλπιγγας, — τρίχας, — σάρκας.

[Élève, p. 40]

43. Exercice.

Déclinez sur ἀηδών...

(Ne comporte pas de corrigé.)

[Élève, p. 41]

44. Exercice.

§ 62, *Substantifs masc. et fém. sur ἀηδών.*

1. Les Arabes avaient [leurs] tentes auprès du port. — 2. Les bergers étaient dans le pré. — 3. Nous admirons l'audace des Macédoniens — 4. L'armée ne connaît pas la route et les guides sont partis. — 5. Nous avons vu de longues tables chez le voisin. — 6. La force des lions est terrible. — 7. Les Ethiopiens apportaient dans le pays de l'or, de l'ivoire et de l'ambre jaune. — 8. Serviteur donne-

moi la courroie. — **9.** Le vieillard a peu de dents (*litt.* peu de dents sont au vieillard.)

[Élève, p. 41]

45. Exercice.

1. Οἱ ναῦται εἰς τὸν λιμένα πλέουσιν. — **2.** Οἱ ποιμένες τῇ στρατιᾷ ἐγένοντο χρήσιμοι ἡγεμόνες. — **3.** Πρὸς τῷ ποταμῷ καλοί λειμῶνές εἰσιν. — **4.** Οἱ Ἀθηναῖοι γείτονες ἦσαν τοῖς Βοιωτοῖς. — **5.** Ἐν τῷ λιμένι ἐστὶ τὸ ἱερὸν τῶν τῆς θαλάττης θεῶν. — **6.** Ἰσχυροὶ ἱμάντες ἐνίσχον τὸν ἱστόν. — **7.** Καλόν γε ἐστὶ μανθάνειν καὶ γέροντι. — **8.** Οἱ μὲν τῶν λεόντων ὄνυχες ἰσχυροί εἰσι, οἱ δ' ὀδόντες μακροί. — **9.** Οἱ τοῦ Μακέδονος θεράποντες ἔφερον χρυσὸν καὶ ἐλέφαντα.

[Élève, p. 41]

QUESTIONNAIRE

1. Γείτονα, — ὀδόντα, — κήρυκα, — γλαῦκα, — Θεράποντα, — λιμένα, — Μακέδονα. — **2.** Le vieillard, — l'éléphant ou l'ivoire, — le pré. — **3.** Ὁ λιμην, λιμένος, — ὁ ποιμήν, ποιμένος, — ὁ γέρων, γέροντος, — ὁ ὀδούς, ὀδόντος, — ὁ λειμών, λειμῶνος, ὁ ἐλέφας, ἐλέφαντος.

[Élève, p. 42]

46. Exercice.

Déclinez sur σῶμα...

(Ne comporte pas de corrigé.)

[Élève, p. 42]

47. Exercice.

Déclinez sur μέλας.

(Ne comporte pas de corrigé.)

[Élève, p. 43]

48. Exercice.

§ 63. *Substantifs neutres sur* σῶμα.

1. Les dents et la langue sont dans la bouche. — **2.** Les nomades ont [leurs] biens et [leurs] maisons dans [leurs] chars. — **3.** Les Grecs consacrèrent au dieu de belles offrandes. — **4.** Jeunes gens, aimez les sciences. — **5.** Les soldats sont assis autour du feu. — **6.** Avoir des blessures au visage est un signe de bravoure. — **7.** Les mauvais désirs, comme les mauvais guides, conduisent aux erreurs. — **8.** Les exercices procurent la souplesse au corps.

[Élève, p. 43] **49. Exercice.**

1. Ποῦ εἰσιν οἱ θεράποντες; Πρὸς τῷ ἅρματι. — **2.** Τὰ τοῦ γείτονος χρήματά ἐστιν (§ 56) ἄπειρα, — **3.** Τὸ τοῦ θεοῦ ἱερὸν ἦν μεστὸν ἀναθημάτων. — **4.** Ὁ σοφὸς βέβαια ἔχει κτήματα. — **5.** Ἡ τοῦ πυρὸς βία δεινή ἐστιν. — **6.** Τὰ μαθήματα ἀποτρέπει (§ 56) τοὺς νεανίας τῶν αμαρτημάτων. — **7.** Οἱ τῶν τοξοτῶν οἰστοὶ ἐπέφερον τοῖς στρατιώταις δεινὰ τραύματα. — **8.** Οἱ Πέρσαι εἶχον μόνον Κύρον διὰ τοῦ στόματος. — **9.** Οἱ Σκύθαι τῷ τῶν θελείων ἵππων γάλακτι τρέφονται.

[Élève, p. 43] **QUESTIONNAIRE**

1. Πᾶς signifie « tout »; ἅπας « absolument tout ». — **2.** ἄφρον (insensé), — ἐλεῆμον (compatissant), — σώφρον (sage, vertueux), — μνῆμον (qui se souvient). — **3.** La bouche, — le nomade, — le char, — le guide, le chef. — **4.** Ὁ Θεράπων, οντος, — τὸ πῦρ, πυρός, — τὰ κτήματα, άτων, — τὸ τραῦμα, ατος, — τὸ στόμα, ατος, — το ἀνάθημα, ατος.

[Élève, p. 44] **50. Exercice.**

Mettez au datif pluriel...

(Ne comporte pas de corrigé.)

[Élève, p. 45] **51. Exercice.**

Règle du datif pluriel, §§ **64** et **65**, *et récapitulation.*

1. Il y a une force étonnante dans les serres des éperviers. — **2.** Les griffons étaient des bêtes semblables aux lions, mais ayant des ailes et un bec d'aigle. — **3.** Les soldats se fiaient à [leurs] guides. — **4.** Un langage envieux ne convient pas aux serviteurs. — **5.** Les serviteurs rencontrèrent des éléphants dans la plaine. — **6.** La modération convient aux magistrats. — **7.** Dans les mois d'hiver les hirondelles s'arrêtent en Égypte. — **8.** Dans les jeux publics des Grecs le prix était une couronne d'olivier. — **9.** [Ce] n'[est] pas la pauvreté [qui] apporte de la honte aux pauvres, mais la méchanceté et une vie honteuse.

[Élève, p. 45] **52. Exercice.**

Règle du datif pluriel, §§ 64 et 65, *et récapitulation.*

1. Οἱ ψυχροὶ τοῦ χειμῶνος μῆνες τοὺς ναύτας ἐνέχουσιν ἐν τοῖς λιμέσι. — **2**. Οἱ ποιμένες ἐνέτυχον ἱέραξι. — **3**. Οἱ τῶν ἀγρῶν καρποὶ ἱεροὶ ἦσαν τοῖς τῆς γῆς δαίμοσι. — **4**. Οἱ ἀετοὶ τοῖς ὄνυξι φοβεροί εἰσιν. — **5**. Τοῖς ἐλέφασι ὀδόντες εἰσὶ ἰσχυροί. — **6**. Τοῖς θεράπουσι πρέπει σωφροσύνη καὶ σιγή. — **7**. Ἐν ταῖς μακραῖς τοῦ χειμῶνος νυξὶ τὰ ἄστρα ἐστὶ (§ 56) τοῦ ὁδοιπόρου ἡγεμόνες. — **8**. Οἱ Ἕλληνες ἔλεγον ὅτι ἡ τῶν ἱερῶν θεσαυρῶν φυλακὴ δέδοται τοῖς γρυψί. — **9**. Οἱ ἐγχώριοι ἄνθρωποι ὅμοιοί εἰσι γίγασι.

[Élève, p. 46] **53. Exercice.**

Règle 66 *et récapitulation.*

1. Enfant, aime la patrie. — **2**. Le Sphinx avait un corps de lion, un visage de jeune fille, des ailes d'oiseau. — **3**. Les espérances vaines gâtent le bonheur des hommes — **4**. Les soldats admiraient la grande pyramide. — **5**. O hommes ! ayez de la reconnaissance pour [vos] bienfaiteurs. — **6**. Les soldats donnaient de l'inquiétude aux généraux.

[Élève, p. 46] **54. Exercice.**

Règle 66 *et récapitulation.*

1. Φεύγετε μακρὰν ἐλπίδα καὶ μεγάλας φροντίδας. — **2**. Ὁ δειλαιός ἐστι προδότης τῆς πατρίδος. — **3**. Οἱ Ἄραβες ἐσκηνῶντο πρὸς ταῖς πυραμίσιν. — **4**. Πρέπει νεανίᾳ ἔριν φεύγειν. — **5**. Οἱ ἀγαθοὶ πολῖται οὐ φέρουσι τὴν τῶν κακῶν τυραννίδα. — **6**. Οἱ ποιμένες εἶδον καλὸν ὄρνιν.

[Élève, p. 47] **55. Exercice.**

3e *Déclinaison. — Substantifs et adjectifs. — Récapitulation générale.*

1. Les éperviers, les corbeaux et les chouettes ont de fortes griffes. — **2**. Même les animaux se souviennent de [leurs] bienfaiteurs. — **3.** Dans les veines le sang est noir. — **4.** Les tyrans ont souvent une vie heureuse et une mort honteuse. — **5.** Un général insensé est semblable à un guide aveugle. — **6.** Les Sirènes avaient des corps de femmes, des pattes et des ailes d'oiseaux. — **7.** Nous avons vu les belles statues des sculpteurs grecs. — **8.** Les Grecs ont reçu des Phéniciens les lettres [de leur alphabet]. — **9.** La mort détruit tous les hommes, heureux et malheureux, ceux qui veulent bien et ceux qui ne veulent pas. — **10.** Les poètes appellent le soleil le flambeau du jour et la lune le flambeau de la nuit.

[Élève, p. 47]

56. Exercice.

3e Déclinaison. — Substantifs et adjectifs. — Récapitulation générale.

1. Οἱ ὁπλῖται τὰ σώματα σκεπάζουσι θώραξι, κνημῖσι, ἀσπίσι. — **2.** Τὰ τῶν Θρᾳκῶν τόξα ἐπέφερε (§ 56) Μακεδόσι δεινὰ τραύματα. — **3.** Ἡ χειμῶνος χιὼν πολλάκις θάνατον φέρει τοῖς τῆς ὕλης θηρίοις. — **4.** Ἐν τῇ τῶν Θρᾳκῶν χώρᾳ οἱ χειμῶνες μακροί εἰσιν. — **5.** Τὰ τοῦ διδασκάλου ἐρωτήματα οὐκ ἦν (§ 56) ῥᾴδια. — **6.** Τὰ τῶν Αἰθιόπων σώματά ἐστι μέλανα. — **7.** Οἱ ποιηταὶ λέγουσιν ὅτι πένησι σύμμαχοί εἰσιν οἱ θεοί. — **8.** Οὐ δεῖ πιστεύειν κεναῖς ἐλπίσιν. — **9.** Τὸ τοῦ γείτονος δένδρον μεστόν ἐστι πεπόνων καρπῶν. — **10.** Τὰ ἄστρα ἐστὶ (§ 56) τοῦ κόσμου λαμπάδες.

[Élève, p. 48]

57. Texte d'application.

1° Traduction.

L'ANE SAUVAGE ET L'ANE DOMESTIQUE

Un âne sauvage ayant considéré un âne domestique dans un endroit bien exposé au soleil l'estimait heureux à cause du bon état de sa santé et de la nourriture dont il jouissait. Mais l'ayant vu plus tard qui portait un fardeau et l'ânier qui le suivait par derrière et le frappait avec un gros bâton, il dit : « Eh bien, non ! je ne te proclame plus heureux ; je vois en effet que ton bonheur ne va pas sans de grands maux.

2° Analyse.

εὐηλίῳ, *bien exposé au soleil*,	adj. qual. au dat. masc. sing. de εὐήλιος, ος, ον, sur ἔνδοξος qualifie τόπῳ.
τόπῳ, *endroit*,	subst. comm. au dat. masc. sing. de τόπος, sur λόγος, ου, complém. circonst. régi par la prépos. ἐν.
εὐεξίᾳ, *bon état*,	subst. comm. au dat. fém. sing. de εὐεξία, ας, sur ἡμέρα, compl. circ. régi par la prépos. ἐπί.
σώματος, *corps*,	subst. comm. au gén. n. sing. de σῶμα, modèle de la 3e décl., compl. déterm. de εὐεξίᾳ.
τροφῆς, *nourriture*,	subst. comm. au gén. f. sing. de τροφή, ῆς, sur κεφαλή, compl. déterm. de ἀπολαύσει.
ὀνηλάτην, *ânier*,	subst. comm. à l'acc. m. sing. de ὀνηλάτης, ου, sur πολίτης, compl. dir. de εἰδών.
ῥοπάλῳ, *gros bâton*,	subst. comm. au dat. n. sing. de ῥόπαλον, ου, sur δῶρον, complém. circonst. de παίοντα.
μεγάλων, *grands*,	adj. qual. au gén. n. pl. de μέγαλοι, μέγαλαι, μέγαλα, sur αγαθόι, αί, ά (le sing. est irrégulier), qualifie κακῶν.
κακῶν, *maux*,	adj. pris subst. au gén. n. pl. de κακός, ή, όν, sur αγαθός, ή, όν, régi par la prép. ἄνευ.
εὐδαιμονίαν, *bonheur*,	subst. comm. à l'acc. f. sing. de εὐδαιμονία, sur ἡμέρα, compl. dir. de ἔχεις.

CHAPITRE II

L'ADJECTIF

[Élève, p. 50]

58. Version.

On dit justement (On a raison de dire) que l'Égypte est un présent du Nil. En effet, le fleuve grossi par des pluies abondantes (§ 48) inonde et engraisse la terre. Et alors la plaine est semblable à un lac et seules les élévations de terre font saillie comme des îles. [Or] l'Égypte produit du blé en abondance (*litt.* du blé abondant).

[Élève, p. 51] **59. Thème.**

Ῥόδος ἐστὶ νῆσος τῷ πλούτῳ καὶ τῇ ἐμπορίᾳ θαυμασία. Οἱ δε Ῥόδιοι οὐ μόνον ἔμπειροί εἰσιν τῆς ναυτικῆς ἀλλὰ καὶ παντοδαπὰς τεχνὰς ἐπιτηδεύουσιν. Σέβονται δὲ τὸν Ἥλιον καὶ ἡ νῆσος ἱερά ἐστι τῷ θεῷ. Θύουσι δὲ ἵππους τῷ Ἡλίῳ.

[Élève, p. 52] **60. Version.**

SUR LES CELTES

Les Celtes ont le corps (*litt.* des corps) bien proportionné, le teint blanc et les cheveux roux. Ils sont belliqueux, irascibles et tournés vers les querelles et les guerres. Ils se réjouissent donc surtout des batailles et proclament heureux le soldat tombé dans la lutte.

[Élève, p. 53] **61. Exercice.**

Règles **71, 72.**

1. Πολλάκις ὁ θάνατος ἀφαρπάζει ἁπαλοὺς παῖδας ὥσπερ ἦρος ὁ χειμὼν διαφθέρει τὰ νέα φύλλα. — **2.** Αἱ ἀνόητοι ἐπιθυμίαι εἰσὶν βλαβεραί. — **3.** Οἱ φρόνιμοι ἄνθρωποι τοῦ θανάτου ἀεὶ μνήμονές εἰσιν. — **4.** Οἱ λέοντες ἔχουσι μακρὰς καὶ καλὰς χαίτας. — **5.** Τὸ τοῦ τραύματος αἷμά ἐστι μέλαν. — **6.** Οἱ Ἕλληνες μελαίνας αἶγας ἔθυον χθονίοις θεοῖς.

[Élève, p. 54] **62. Exercice.**

Règle **73.**

1. Les méchants et les insensés ont la mort en horreur, mais pour les [hommes] sensés et honnêtes la mort est la fin des maux et des peines. — **2.** Il ne sied pas à l'[homme] heureux de dédaigner le malheureux, mais il n'est pas permis au malheureux de haïr l'[homme] heureux. — **3.** Les [biens] des hommes ne sont pas (§ 56) sûrs. — **4.** Les Grecs dépensèrent les provisions de l'ennemi. — **5.** Toutes [les choses] ne sont pas (§ 56) belles pour tout le monde.

[Élève, p. 54] **QUESTIONNAIRE**

1. Τὰς μελαίνας ἐσθῆτας. — **2.** Ἔνδοξος. — **3.** Ταῖς εὐδαίμοσι χώραις. — **4.** Τὴν ἀγαθὴν τύχην, *la bonne fortune*, est l'accusatif fém. sing. de ἡ ἀγαθὴ τύχη ; — τὰ Ἑλληνικὰ γράμματα, *les lettres grecques*, est le nom.-acc. plur. neutre de τὸ Ἑλληνικὸν γράμμα ; — τοῖς ἄφροσι στρατηγοῖς, *aux généraux insensés*, est le dat. masc. pl. de ὁ ἄφρων στρατηγός ; — τοὺς ἐνδόξους ῥήτορας, *les orateurs illustres*, est l'acc. masc. pl. de ὁ ἔνδοξος ῥήτωρ.

COMPARATIF ET SUPERLATIF

[Élève, p. 56]

63. Exercice.

Règles 77 et 78.

Formez le comparatif et le superlatif des adjectifs suivants :

ἄδικος,	injuste,	ἀδικώτερος,	ἀδικώτατος.
ἄξιος,	digne,	ἀξιώτερος,	ἀξιώτατος.
βέβαιος,	sûr,	βεβαιότερος,	βεβαιότατος.
δίκαιος,	juste,	δικαιότερος,	δικαιότατος.
ἐχυρός,	fortifié,	ἐχυρώτερος,	ἐχυρώτατος.
θεῖος,	divin,	θειότερος,	θειότατος.
μακρός,	long,	μακρότερος,	μακρότατος.
νέος,	jeune,	νεώτερος,	νεώτατος.
πικρός,	amer,	πικρότερος,	πικρότατος.
σεμνός,	auguste,	σεμνοτερος,	σεμνότατος.
σοφός,	sage,	σοφώτερος,	σοφώτατος.
τίμιος,	précieux,	τιμιώτερος,	τιμιώτατος.

[Élève, p. 57]

64. Exercice.

Règles 77, 78 et 79.

Formez le comparatif et le superlatif des adjectifs suivants :

ἅγιος,	saint,	ἁγιώτερος,	ἁγιώτατος.
ἀπράγμων,	inactif,	ἀπραγμονέστερος,	ἀπραγμονέστατος.
ἄφρων,	insensé,	ἀφρονέστερος,	ἀφρονέστατος.
δυνατός,	puissant,	δυνατώτερος,	δυνατώτατος.
ἱκανός,	capable.	ἱκανώτερος,	ἱκανώτατος.
λαμπρός,	brillant.	λαμπρότερος,	λαμπρότατος.
πρόθυμος,	zélé,	προθυμότερος,	προθυμότατος.
ξηρός,	sec,	ξηρότερος,	ξηρότατος.
σώφρων,	sage,	σωφρονέστερος,	σωφρονέστατος.
τυφλός,	aveugle,	τυφλότερος,	τυφλότατος.

[Élève, p. 57] **65. Exercice.**

Règles **76-81**. *Formation du comparatif et du superlatif.*

1. Terrible est un coup d'épée, plus terrible un coup de langue. — **2**. Les plus anciens poètes des Grecs furent Homère et Hésiode. — **3**. Le sort des riches est brillant, mais [celui] des pauvres [est] souvent plus heureux. — **4**. La sagesse est le bien le plus précieux. — **5**. Les hommes (les habitants) de la Libye sont noirs, les Éthiopiens sont plus noirs. — **6**. Parmi les oiseaux [c'est] l'aigle [qui] a les ailes les plus fortes. — **7**. Le corps (*littéral.* les corps) des soldats est le plus capable de supporter les fatigues. — **8**. L'âme est la plus divine des choses dans la vie.

CHAPITRE III

LES NOMS DE NOMBRE

(Pas d'exercices spéciaux).

[Élève, p. 61] **66. Texte d'application.**

MOYEN EMPLOYÉ PAR LES THRACES POUR RECONNAITRE L'ÉPAISSEUR DE LA GLACE

Quand les Thraces, encore aujourd'hui, entreprennent de traverser un fleuve gelé, ils envoient en avant un renard pour essayer la solidité de la glace; le renard, en effet, s'avance tranquillement, tend l'oreille et s'il reconnait au bruit que le courant coule au-dessous tout près, il conjecture que l'eau n'est pas gelée dans toute son épaisseur mais que la glace est mince et peu solide; il s'arrête [alors] et si on le laisse faire, il revient en arrière; l'eau ne fait-elle pas de bruit, il se rassure et a bien vite traversé.

Θρᾷκες,	de Θρᾴξ, κός,	sur κόραξ, κος.
ποταμόν,	de ποταμός, οῦ (ὁ),	sur λόγος, ου.
ἀλώπεκα,	de ἀλώπηξ, πεκος (ἡ),	sur κόραξ, κος.
γνώμονα,	de γνώμων, μονος (ὁ),	sur ἀηδών, όνος.
στερεότητος,	de στερεότης, τητος (ἡ),	sur κόραξ, κος.
ψόφῳ,	de ψόφος, ου (ὁ),	sur λόγος, ου.
ῥεύματος,	de ῥεῦμα, ματος (τὸ),	sur σῶμα, ματος.

[Élève, p. 61]

QUESTIONNAIRE

1. Οἱ Θρᾷκες, — ἀλώπηξ (f.), — ὁ ποταμός, — τὸ ῥεῦμα, — τὸ οὖς. — 2. Encore, — maintenant, — bruit, — essayeur, — solidité, — mais. — 3 Τοῖς ῥεύμασι. — ἀβέβαιος.

CHAPITRE IV

PRONOMS. — ADJECTIFS PRONOMINAUX

I. — PRONOMS PERSONNELS

[Élève, p. 64]

67. Exercice.

§§ 86-90.

1. Elle est fameuse la réponse de Démétrius à Néron : « Toi, tu me menaces de la mort, et la nature te] menace toi aussi de la mort] ». — 2. Ne dis pas : « Je suis plus habile que toi », mais sois sensé. — 3. Il faut que nous regardions non pas vers l'intérêt privé mais vers [celui] de nos concitoyens. — 4. Aimez la patrie, car la patrie vous fait du bien.

[Élève, p. 65]

68. Exercice.

§§ 86-91.

1. Κἀγώ, εἰ ἐθέλετε τὰ δίκαια (§ 73) πρᾶξαι, βούλομαι ἕπεσθαι ὑμῖν. — 2. Ὦ φίλοι, ἡμᾶς σῴζετε. — 3. Ἡμεῖς μὲν μακρὰς χιτῶνας ἔχομεν, ὑμεῖς δὲ φορεῖτε χλαμύδας. — 4. Ὑμᾶς ἄγω εἰς τὴν λιθίνην γέφυραν. — 5. Βασιλεύει ἐν ὑμῖν ψυχή. — 6. Ὦ στρατιῶτα, ὁρᾷ σε ὁ στρατηγός. — 7. Δὸς αὐτῷ τοὺς ἱμάντας. — 8. Αἱ μάταιαι ἐλπίδες ἡμῖν οὐκ ἀρέσκουσιν.

[Élève, p. 66]

QUESTIONNAIRE

1. Σφώ. — 2. Σαυτόν est le pronom réfléchi de la 2e personne du masculin à l'accus. sing., — σαυτῇ, le pronom réfléchi de la

2ᵉ personne du féminin au dat. sing., — ἡμῖν αὐταῖς, le pronom réfléchi de la 2ᵉ personne du féminin au dat. plur.; — ἑαυτῆς, le pronom réfléchi de la 3ᵉ pers. du féminin au dat. sing. : — ὑμῶν, le pronom personnel de la 2ᵉ personne masc. *ou* fémin. au génitif plur.; — ἐμοί, le pronom personnel de la 1ʳᵉ personne masc. *ou* fém. au dat. sing. — 3. Αὐτοῦ (*avec un esprit doux*) est le pronom non réfléchi de la 3ᵉ personne du masc. *ou* du neutre au gén. sing. — 4. Le grec a 3 pronoms réfléchis correspondant chacun aux pronoms personnels non réfléchis.

[Élève, p. 67]

69. Exercice.

§§ 89-92.

1. Le soldat le frappa vers la poitrine et le blessa à travers sa cuirasse. — 2. Les Athéniens conclurent un traité au profit des Thébains plutôt qu'à leur propre profit (*litt.* au profit d'eux-mêmes). — 3. Citoyens, montrez-vous dignes de la liberté. — 4. Nous nous connaissons très peu nous-mêmes.

[Élève, p. 67]

70. Exercice.

§§ 89-92.

1. Πολλάκις ἐχθροὶ ἐσμὲν ἡμῖν αὐτοῖς. — 2. Αἱ γλαῦκες νυκτὸς τὴν τροφὴν πορίζονται ἑαυταῖς. — 3. Ὁ σοφὸς τὴν οὐσίαν ἐν ἑαυτῷ περιφέρει. — 4. Μὴ ποίει σεαυτὸν ἡδονῆς δοῦλον. — 5. Ὁ μὲν γείτων ἡμῖν χρήσιμος ἦν, ἐγὼ δὲ καλὸν χιτῶνα ἔδωκα αὐτῷ. — 6. Ὦ κόραι, σώφρονας ὑμᾶς αὐτὰς ἀεὶ παρέχετε. — 7. Ὁ στρατιώτης τῇ μαχαίρᾳ ἑαυτὸν ἔπαισεν.

II. — ADJECTIFS ET PRONOMS POSSESSIFS

[Élève, p. 69]

71. Exercice.

Règles 93 à 97 inclus.

1. Tes opinions ne me plaisent pas. — 2. Les domestiques causent de leur maîtresse. — 3. Mon cheval ne vaut pas

grand'chose. — 4. Je vous conduis à ma maison. — 5. Notre serviteur s'est montré utile. — 6. C'est mon affaire d'être sage. — 7. L'ennemi a grandi, non grâce à sa force, mais grâce à notre négligence.

[Élève, p. 70]

72. Exercice.

1. Ἐπανέρχομαι εἰς τὴν ἐμὴν ἀρχήν (*ou* τὴν ἐμαυτοῦ ἀρχήν). — 2. Ὁ δείλαιος φοβεῖται τὴν ἑαυτοῦ σκίαν. — 3. Οἱ στρατιῶται τὴν τῶν [ἑαυτῶν] στρατηγῶν φώνην οὐκ ἐγίγνωσκον. — 4. Κακῶς λέγετε τὴν πατρίδα μου (*ou* τὴν ἐμὴν πατρίδα). — 5. Οἱ ἐχθροί τὴν ὑμετέραν χωρὰν (*ou* τὴν χωρὰν ὑμῶν) ἐδῄωσαν. — 6. Ὁ ἐμὸς ἀδελφὸς (*ou* ὁ ἀδελφός μου) ἐπανῆλθεν εἰς τὴν ἑαυτοῦ (*ou* αὑτοῦ) κώμην. — 7. Ὁ τῶν δούλων δεσπότης ἐμὸς ἀδελφός ἐστιν. — 8. Τοῖς δούλοις οὐκ ἔξεστι τοὺς ἑαυτῶν (*ou* αὑτῶν) παῖδας τρέφειν. — 9. Ἡ ὑμετέρα σωφροσύνη (*ou* ἡ σωφροσύνη ὑμῶν) ἀρέσκει τῷ ἡμετέρῳ διδασκάλῳ (*ou* τῷ διδασκάλῳ) ἡμῶν

[Élève, p. 70]

QUESTIONNAIRE

1° Τὴν ἐμὴν ἀρχήν; — 2° τὴν ἀρχήν μου.

[Élève, p. 71]

QUESTIONNAIRE

1. Par le génitif du pronom personnel : 1° non réfléchi, αὐτοῦ, αὐτῆς, αὐτῶν quand le possesseur *n'est pas le sujet* de la phrase ; 2° réfléchi, ἑαυτοῦ (ou αὑτοῦ), ἑαυτῆς (ou αὑτῆς), ἑαυτῶν (ou αὑτῶν) quand le possesseur *est le sujet* de la phrase. — 2. L'adjectif possessif employé comme attribut *ne prend pas* l'article. — 3. Στέργω τὸν ἀδελφόν σου — en mettant σου *après* le substantif, parce que σου est un pronom non réfléchi. — 4. Τὴν σαυτοῦ φρόνησιν ἄσκει — en mettant σαυτοῦ entre l'article et le substantif, parce que σαυτοῦ est un pronom réfléchi. — 5. On emploie αὐτοῦ (avec un esprit doux) pour traduire le français *son* quand le possesseur *n'est pas le sujet* de la phrase, et on le met *après* le substantif. — 6. Il y a dans cette phrase ἑαυτοῦ, parce qu'il s'agissait de traduire *son* frère, et que c'est le *propre frère* de celui qui a renvoyé : *son* renvoie donc au sujet ; — le pronom réfléchi se place entre l'article et le substantif.

[Élève, p. 73] **73. Version.**

§§ 86-97. *Récapitulation des pronoms personnels et des adjectifs possessifs.*

THÉMISTOCLE SUPPLIE EURYBIADE DE NE PAS ABANDONNER SALAMINE

« Au nom de la Grèce, notre patrie, je te supplie de rester auprès de nous et de combattre jusqu'au bout. En effet, nous tout seuls, nous ne sommes pas capables de vaincre, ni vous sans nous. Et si vous éloignez votre flotte, nous sommes vaincus et les Perses, après avoir triomphé de nous, vous suivent et fondent sur le Péloponnèse. Eh bien donc, ajoute foi à mes paroles et sauve notre patrie commune. »

III. — PRONOMS ET ADJECTIFS DÉMONSTRATIFS

[Élève, p. 74] **74. Exercice.**

§§ 98-99. *Pronoms démonstratifs.*

1. Cette maison-ci nous est commune. — **2.** Il y avait de grands villages dans la plaine que voici le long du fleuve. — **3.** Ce jour-ci sera pour nous le commencement de grands maux. — **4.** Il y avait une pyramide de pierre dans le village en question. — **5.** Donne-moi ces tuniques-ci. — **6.** Dans ce combat-là les Grecs furent vaincus. — **7.** Je sais un remède à ce malheur. — **8.** Ne vous querellez pas au sujet de choses mesquines, mais dites : « Ceci me plaît à moi, cela te plaît à toi. »

[Élève, p. 74] **75. Exercice.**

§§ 98-99. *Pronoms démonstratifs.*

1. Ὁ διδάσκαλος στέργει τούσδε τοὺς μαθητάς. — **2.** Ἐν γῇ οὐχ οἱ πλουσιώτατοί εἰσιν εὐδαιμονέστατοι. — **3.** Ἐπικούρημα τῶν ἡμετέρων κακῶν ἔχω. — **4.** Αὕτη ἡ δεινὴ συμφορὰ ἐφ' ἡμᾶς (§ 23) κατέπεσεν. — **5.** Ὅρα ἐκεῖνον τὸν ποταμὸν καὶ τήνδε τὴν κώμην. — **6.** Οἱ πολέμιοι ἐδῄωσαν ἐκείνην τὴν χώραν. — **7.** Ἐν τῇδε τῇ ἐκκλησίᾳ κακοὶ πολῖται εἰσίν. — **8.** Αὕτη ἡ χώρα ἐστὶ ξηρὰ καὶ αὐχμηρά. — 9. Ἥδε ἡ ὕλη ἴων ἐστὶ μεστή. — 10. Ὁ ἄνεμος ἐκεῖνο τὸ δένδρον ἀνέστρεψεν.

[Élève, p. 75]

QUESTIONNAIRE

1. Quand il est *immédiatement* précédé de l'article. — 2. Le même homme. — 3. Ipsum flumen. — 4. Αὐτὸς ὁ ἄνθρωπος *ou* ὁ ἄνθρωπος αὐτός.

[Élève, p. 76]

76. Exercice.

Règle 100.

1. Ce chemin même conduit au village. — 2. Le même village a un beau pont. — 3. Moi je suis toujours le même et vous, vous changez. — 4. Les mêmes hommes se querellent toujours. — 5. Le même arbre est toujours auprès du pont. — 6. Fuis les mauvaises compagnies, car elles ne conviennent pas à un jeune homme sage. — 7. Ton ami a toujours fréquenté les mêmes hommes.

[Élève, p. 76]

77. Exercice.

Règle 100.

1. Οἱ αὐτοὶ ἄνθρωποι οὐκ ἔχουσιν ἀεὶ τοὺς αὐτοὺς τρόπους. — 2. Ὁ δεσπότης αὐτὸς ἦλθεν (*ou* αὐτὸς ὁ δεσπότης ἦλθεν). — 3. Οἱ κακοὶ αὐτοὶ (*ou* αὐτοὶ οἱ κακοὶ) ἐνίοτε ἐλεήμονές εἰσιν. — 4. Μὴ λέγε ἀεὶ τὰ αὐτά (§ 72, 2). — 5. Αὐτὸ τὸ ταύτης τῆς κώμης ὄνομα ἠφάνισται. — 6. Ὅδε ὁ ἄνθρωπος τῶν ἐπαίνων αὐτῶν καταφρονεῖ. — 7. Φεῦγε τὰς αἰσχρὰς ἡδονάς· αὗται γὰρ τίκτουσι τὴν λύπην. — 8. Ἐν τῷ αὐτῷ πεδίῳ πλούσιαι κῶμαί εἰσιν.

[Élève, p. 77]

78. Texte d'application.

1° Traduction.

GAITÉ DES TIRYNTHIENS

Les Tirynthiens qui étaient amis du rire, mais incapables de traiter les affaires sérieuses, eurent recours à l'oracle de Delphes : ils voulaient être débarrassés du mal [dont ils souffraient]. Or le dieu leur répondit que s'ils sacrifiaient un taureau à Neptune et le jetaient à la mer sans rire, le mal cesserait. Alors craignant de s'acquitter mal de l'oracle, ils empêchèrent les enfants d'assister au sacrifice. (Voir la fin, Exercice 84.)

2° Analyse.

Τιρύνθιοι, *Tirynthiens*, subst. propre, nom. masc. plur. de Τιρύνθιος, ου, sujet de κατέφυγον.

Φιλογέλωτες, *amis du rire*, adj. qual. nom. masc. plur. de φιλογέλως, ωτος, attribut de Τιρύνθιοι.

Ἀρχεῖοι, *incapables*, adj. qual. nom. masc. plur. de ἀρχεῖος, α, ον, attribut de Τιρύνθιοι.

σπουδαῖα, *sérieuses*, adj. pris subst. acc. neut. pl. de σπουδαῖος, α, ον, dépend de la prépos. πρός.

πραγμάτων, *affaires*, subst. comm. gén. neut. pl. de πρᾶγμα, ατος, complém. déterm. de σπουδαῖα.

Δελφοῖς, *Delphes*, subst. prop. dat. masc. pl. de Δελφοί, ων, dépend de la prépos. ἐν.

Μαντεῖον, *oracle*, subst. comm. acc. neut. sing. de μαντεῖον, ου, dépend de la prépos. ἐπί.

Κακοῦ, *mal*, subst. comm. gén. neut. sing. de κακόν, οῦ, compl. indir. de ἀπαλλαγῆναι.

Θεός, *dieu*, subst. comm. nom. masc. sing. de Θεός, οῦ, sujet de ἀνεῖλεν.

αὐτοῖς, *à eux*, pron. pers. non réfléchi dat. masc. pl. de αὐτός, αὐτή, αὐτό, compl. indir. de ἀνεῖλεν.

Ποσειδῶνι, *Neptune*, subst. propre dat. masc. sing. de Ποσειδῶν, ῶνος, compl. ind. de θύοντες.

ταῦρον, *taureau*, subst. comm. acc. masc. sing. de ταῦρος, ου, compl. dir. de θύοντες.

θάλατταν, *mer*, subst. comm acc. fém. sing. de θάλαττα, ης, dépend de la prépos. εἰς.

Οἱ [δέ], *Eux*, art. employé comme pron. pers. nom. masc. pl. de ὁ, ἡ, τό, sujet de ἐκώλυσαν.

Λογίου, *oracle*, subst. comm. gén. neut. sing. de λόγιον, ου, compl. ind. de διαμάρτωσι.

Παῖδας, *enfants*, subst. comm. acc. masc. pl. de παῖς, παιδός, compl. dir. de ἐκώλυσαν.

Θυσίᾳ, subst. comm. dat. fém. sing. de θυσία, ας, compl. de παρεῖναι.

[Élève, p. 77]

QUESTIONNAIRE

1. Amis du rire. — 2. Φιλογέλως, — τὸ πρᾶγμα, — ἡ θάλαττα, — ὁ παῖς.

IV. — PRONOMS RELATIFS

[Élève, p. 79]

79. Exercice.

Règles 101, 102, 103.

1. Il y a un œil de justice (La justice a un œil) qui voit tout. — 2. Voici le soldat que tu as vu. — 3. Celui-là est le plus heureux qui a les amis les plus sages. — 4 Les dieux sont contraires aux ennemis et ils sont pour nous des alliés qui sont capables et de confondre les orgueilleux et de sauver les humbles. — 5. La jeune fille avait un vêtement grâce auquel sa beauté (§ 93) éclatait au plus haut point. — 6. Ayant désiré être les maîtres de ce qu'ils n'avaient pas, à cause de cela ils perdirent aussi (même) ce qu'ils avaient.

[Élève, p. 80]

80. Exercice.

Règles 101, 102, 103.

1. Ὁ διδάσκαλος στέργει τοὺς μαθητὰς ὧν ἡ προθυμία ἐστὶ δήλη. — 2. Αἱ ἡδοναὶ ἃς στέργετε ἡμῖν οὐκ ἀρέσκουσιν. — 3. Ὅς ταῦτα τὰ δῶρα ἡμῖν ἔδωκε τῶν ἀνθρώπων ἐστὶν ἀξιοφιλήτατος. — 4. Τάσδε τὰς ἡδονὰς οὐ στέργω· ἃς γὰρ ζητοῦμεν, αὗταί εἰσι καθαρώτεραι. — 5. Τῷ ἡγεμόνι ἕπεσθε ᾧ ἔχετε. — 6. Μὴ ζήτει νέους φίλους, ἀλλὰ οἷς ἔχεις ὁμίλει. — 7. Τοῖς κτήμασιν οἷς ἔχομεν ἐν ψυχῇ κεκτήμεθα τιμιώτατον κτῆμα.

[Élève, p. 81]

81. Exercice.

Règle 104.

1. Nous demanderons à Cyrus un guide qui nous emmènera. — 2. Ceux qui étaient les amis de ton frère te montrent de la bienveillance à toi aussi. — 3. Ce qu'il n'est pas permis de faire, il n'est pas permis de le dire non plus. — 4. Que celui à qui ces choses paraissent convenables lève la main.

V. — PRONOMS INTERROGATIFS

[Élève, p. 83]

82. Exercice.

Règles 105, 106, 107.

1. Les chevaux de qui avez-vous vus ? Du général. — 2. A quelles personnes portez-vous ces beaux présents ? — 3. Dis maintenant ce qui nous arrive (*litt.* quelle chose à nous est arrivant). — 4. Le maître demande quels oiseaux nous avons vus. — 5. Vois avec qui des deux il s'entretient. — 6. Lequel des deux s'entend le mieux en fait des aliments utiles, du médecin ou du cuisinier?

[Élève, p. 83]

83. Exercice.

Règles 105, 106, 107.

1. Τίς εἶδε ταύτην τὴν ὄρνιν ; — 2. Λέγε ποτέρῳ ἤνεγκας ταύτην τὴν καλὴν ἐσθῆτα ; — 3. Πρὸς τίνας στρατιώτας ἔλεγεν ὁ στρατηγός ; — 4. Τίνα ὅπλα εἶχον οἵδε οἱ στρατιῶται ; — 5. Ποτέραν ἑόρακας ; — 6. Ἐρωτῶ τίνι ἔδωκας τὸ σὸν βιβλίον ;

[Élève, p. 84]

84. Texte d'application.

GAITÉ DES TIRYNTHIENS (*voy.* n° 78) (*fin*).

Or, un des enfants ayant eu connaissance de la chose, se mêla à la foule ; comme ils criaient en le chassant : « Quoi donc ! dit-il ; craignez-vous que je ne renverse votre victime ? » Ils se mirent à rire et l'événement leur fit comprendre l'avis du dieu qui leur montrait l'impossibilité absolue de guérir leur habitude invétérée.

[Élève, p. 84]

QUESTIONNAIRE

1. La victime ; — le dieu ; — invétéré. — 2. Τὸ σφάγιον ὑμῶν. *On pourrait dire aussi :* τὸ ὑμέτερον σφάγιον. — 3. Un pronom démonstratif employé ici comme pronom personnel non réfléchi (*voy.* §§ 91 et 100, *Remarque* II). — 4. Le génitif pluriel de ὁ παῖς, gén. τοῦ παιδός. — 5. Par le fait, par l'événement. — 6. Ἀμήχανόν ἐστι.

VI. — PRONOMS INDÉFINIS

[Élève, p. 86]

85. Exercice.

Règles 108-113.

1. Certains animaux sauvages se nourrissent (§ 56) de plantes et de fruits. — 2. Ou dis quelque chose qui mérite d'être dit (*litt.* digne de parole), ou garde le silence. — 3. Selon Platon, la sagesse est la possession de soi-même en face de certains plaisirs et de certains désirs. — 4. Dans cette contrée quelques cours d'eau seulement sont infranchissables. — 5. Chacun est ami de soi-même surtout. — 6. Les Athéniens s'établissaient sur l'un et l'autre continent. — 7. Autour de ce sanctuaire les prêtres ont planté certains arbres cultivés dont les fruits sont bons à manger.

[Élève, p. 88]

86. Exercice.

Règles 108-113.

1. Φέρομεν ὑμῖν μικρά τινα (ἄττα, ἔνια) δῶρα. — 2. Ὁ στρατηγὸς διελέγετο πρὸς ἕκαστον [τὸν] στρατιώτην ([τὸν] στρατιώτην ἕκαστον). — 3. Ἡ Συρία καὶ ἡ Ἀσία πλουσιώταται ἦσαν · οἱ δ' οὖν Ῥωμαῖοι κατῳκίσαντο ταχέως ἐν τῇ χώρᾳ ἑκατέρᾳ (ἐν ἑκατέρᾳ τῇ χώρᾳ). — 4. Μόνον τινὰς παῖδας ἐζημίωσα. — 5. Ἠρώτησα ἑκάστην τῶν κορῶν ἃς ἔδειξας μοι. — 6. Ὁμιλεῖτε ἑκατέρῳ τούτων τῶν νεανιῶν. — 7. Οὐ πρέπει τισὶ ἀνθρώποις περὶ ἀρετῆς λέγειν.

[Élève, p. 89]

87. Exercice.

Règles 114, 115.

1. Tu n'as aucun ami ; car tu ne fais que ce qui t'est utile à toi (*litt.* tu fais cela seulement qui...). — 2. Ils croient être quelque chose, bien qu'ils ne vaillent rien (*litt.* étant dignes de rien). — 3. Ce citoyen n'a exercé aucun commandement dans le pays. — 4. Celui qui ne commet aucun crime n'a besoin d'aucune loi. — 5. Mon frère et son ami

étaient de bons soldats, mais ni l'un ni l'autre ne revint de la bataille.

[Élève, p. 89]

88. Exercice.

Règles **115, 116, 117.**

1. Quand les ennemis virent contre leur attente nos soldats qui s'élançaient, aucun [d'eux] ne pouvait garder le repos; mais les uns couraient vers la plaine, d'autres se rangeaient en bataille, d'autres bridaient [leurs] chevaux, d'autres revêtaient [leurs] cuirasses. — **2.** Deux hommes lui apparurent, dont l'un était grand et élégant, l'autre petit et laid. — **3.** L'archer tua l'un des deux généraux.

[Élève, p. 90]

89. Exercice.

Règle **118.**

1. Quel autre qu'Agésilas pouvait conduire cette armée contre les ennemis. — **2.** Les autres alliés ravagèrent le pays. — **3.** Les Perses ravagèrent le reste de la Grèce. — **4.** L'un dit une chose l'autre une autre.

[Élève, p. 92]

90. Exercice.

Règles **119, 120, 121.**

1. Ces philosophes ne sont d'accord ni avec eux mêmes ni entre eux (*litt.* les uns avec les autres). — **2.** Les ennemis ravagèrent tout le pays. — **3.** La tempête submergea toute la flotte. — **4.** Toute âme est immortelle. — **5.** Tout chemin nous conduira dans [notre] patrie. — **6.** Tous les autres chantant s'avançaient en cadence. — **7.** Le général s'est trompé en ce qui regarde le tout (l'ensemble). — **8.** Toute richesse le cède à la vertu. — **9.** Seuls les Athéniens eurent confiance. — **10.** Que chacun sans exception se retire. — **11.** Son frère unique s'en est allé à la guerre.

CHAPITRE V

LE VERBE

[Élève, p. 93]

91. Version.

LE VIEILLARD ET SES ENFANTS

Un vieillard avait des enfants qui se disputaient souvent les uns avec les autres. Or, après les avoir exhortés pendant longtemps et en vain à vivre en bonne harmonie les uns envers les autres, il leur ordonna un jour de lui apporter un fagot de petites branches. Puis il leur tendit ces petites branches réunies et leur ordonna de les rompre. Mais aucun des enfants n'[en] fut capable.

[Élève, p. 94]

92. Version.

LE VIEILLARD ET SES ENFANTS (*fin*)

Alors le vieillard délia le fagot et leur tendit les branches une à une ; de cette manière [ses] enfants les rompirent facilement. Et le vieillard dit : « [Mes] enfants, vous êtes semblables à ce fagot. Si d'une part, en effet, vous voulez vivre en bonne harmonie les uns à l'égard des autres, vous serez invincibles, mais si d'autre part vous vous disputez les uns avec les autres, tout ennemi, même le plus faible, sera en état de triompher de vous. »

[Élève, p. 95]

93. Thème.

Ἀλώπηξ καὶ ὑλοτόμος

Ἀλώπηξ φεύγουσα κυνηγέτας οἳ ἐδίωκον αὐτὴν, ὑλοτόμῳ ἀπήντησε καὶ ἱκέτευσεν ἀποκρύπτειν ἑαυτὴν ἐν τῇ καλύβῃ αὐτοῦ. Ὁ δ' οὖν οὐ μὲν ἀπηρνήθη, ἀλλὰ τοῖς κυνηγέταις παραγενομένοις ἐσήμηνε χειρὶ ὅπου κατακέκρυπται ἡ ἀλώπηξ, ἅμα λέγων φώνῃ λαμπρᾷ τοῦτο λανθάνειν ἑαυτόν. Οὗτοι δὲ, οὐ συνέντες τὸ τοῦ ὑλοτόμου σχῆμα, ἀπηλλάγησαν.

Καὶ ἡ ἀλώπηξ ἐκ τῆς καλύβης ἐξέρπουσα· « Χαῖρε, ἔφη, ὦ δολερὲ εὐεργέτα. Τίνα χάριν νομίζεις με ὀφείλειν σοι οὗ ἡ χεὶρ ἐναντιοῦται πάντα ἃ εἴρηκε τὸ στόμα ; »

[Élève, p. 98] **94. Exercice.**

Conjuguez sur εἰμί :...

(Ne comporte pas de corrigé.)

[Élève, p. 98] **95. Exercice.**

§§ **122-128**. *Conjug. de* εἰμί.

1. Ne dites pas ce que (quels) vous étiez auparavant, mais ce que vous êtes maintenant. — **2**. Tu as deux oreilles et deux yeux, mais une seule bouche (*litt., comme en latin*, deux oreilles et deux yeux sont à toi, mais...). — **3**. La violence étant présente, la loi n'est point forte ; *c'est-à-dire :* En présence de la violence, la loi n'a plus de force. — **4**. Je serai riche, si Dieu [le] veut. — **5**. S'il y a des dieux, il y a aussi des œuvres des dieux (§ 56). — **6**. Les géants, enfants de la terre, étaient ennemis des dieux. — **7**. Si seulement j'étais riche ! — **8**. Enfants, soyez sages et bons. — **9**. Nous serons justes, afin que nous jouissions d'une bonne réputation. — **10**. Si seulement nous étions plus puissants ! — **11**. Les citoyens, s'ils sont diligents, seront très utiles à la patrie. — **12**. Ménélas était le frère d'Agamemnon. — **13**. Étant enfant, *c'est-à-dire*, puisque tu es un enfant, sois réglé [dans ta conduite].

[Élève, p. 98] **96. Exercice.**

§§ **122-128**. *Conjug. de* εἰμί.

1. Ἐν πυρὶ ὁ σίδηρος ἐρυθρός ἐστιν. — **2**. Οἱ τῆς Πηνελόπης μνηστῆρες ἦσαν ὑπερήφανοι καὶ μάταιοι. — **3**. Εἰ γὰρ (*ou* εἴθε) εὐδαιμονέστερος εἴην ! — **4**. Ἡ τοῦ Μιλτιάδου δόξα ἦν λαμπρά. — **5**. Πάντες ἀγαθοὶ πολῖται (*ou*, § 120, πάντες οἱ ἀγαθοὶ πολῖται) μισοῦσι τὸν τύραννον πονηρότατον ὄντα. — **6**. Ἔσεσθε ἀνδρειότατοι ἵνα ἄξιοι ἦτε τῶν ὑμετέρων προγόνων (*ou*, § 96, τῶν ὑμῶν προγόνων ; *ou*, § 93, τῶν προγόνων).

— **7.** Εἶτε (*ou* εἴητε) σώφρονες! — **8.** Οἱ ἡγεμόνες ἔλεγον ὅτι ἐν τῷ στρατοπέδῳ ὁ στρατηγὸς εἴη. — **9.** Ἴσθι πιστὸς τοῖς (§ 93) φίλοις ἵνα καὶ αὐτοὶ ὦσι πιστοί σοι. — **10.** Εἰ μὴ κατέξεις τὴν γλῶτταν (§ 93), τι κακὸν ἔσται σοι. — **11.** Ὁ διδάσκαλος στέργει τούσδε τοὺς μαθητὰς σπουδαιοτάτους ὄντας. — **12.** Ἐάν δικαιότατος ᾖς, εὐδαιμονέστατος ἔσῃ (*ou* ἔσει).

[Élève, p. 99]

97. Texte d'application.

ORIGINE DES COMBATS DE COQS A ATHÈNES

Quand Thémistocle conduisait contre les Barbares l'armée nationale, il vit deux coqs qui se battaient ; il les regarda non sans intérêt, fit arrêter ses soldats et leur dit : « Eh bien ! ce n'est ni pour les dieux de leurs pères ni pour les tombeaux de leurs ancêtres que ces coqs endurent du mal ; ce n'est pas non plus pour la gloire, ou pour la liberté, ou pour leurs enfants, mais pour ne pas être vaincus l'un par l'autre (§ 112) et ne pas céder l'un à l'autre (§ 117). » Ce spectacle, qui avait été pour eux une espèce de mot d'ordre, il voulut le perpétuer comme un souvenir et un encouragement pour de semblables actions.

[Élève, p. 104]

98. Exercice.

Conjuguez sur λύω les verbes suivants :...

(Ne comporte pas de corrigé.)

[Élève, p. 104]

99. Exercice.

§ **129.** *Conjugaison de λύω, voix active.*

1. Les Grecs sacrifièrent des chèvres aux dieux. — **2.** Les soldats avaient confiance dans ce général. — **3.** Ces fossés-là empêchèrent les ennemis de passer. — **4.** Ayez toujours confiance dans les vieillards qui vous donnent des conseils. — **5.** Les Perses élevaient leurs (§ 93) enfants en vue de la vérité. — **6.** Il fut permis (*c'est-à-dire* il fut donné) à bien peu de Grecs ayant combattu contre Troie de revenir dans leur patrie (§ 93). — **7.** Les Athéniens élevèrent une statue à Conon, croyant (dans la conviction) que ce [général] avait mis fin à une tyrannie fort lourde (*litt.* pas petite) en détruisant la domination des Lacédémoniens.

[Élève, p. 104] **100. Exercice.**

§ 100. *Conjug. de* λύω, *voix active.*

1. Οἱ στρατιῶται ἀλλήλοις (§ 119) οὐκ ἐπίστευον. — **2.** Καλὴ ὑμῖν ἐστι δόξα καλῶς πεπαιδευκέναι τοὺς (§ 93) παῖδας. — **3.** Οὐκ ἀεὶ εὐδαιμονέστατοί εἰσιν οἱ βασιλεύοντες. — **4.** Ὅταν κινδυνεύητε, ἱκετεύετε τοὺς θεούς. — **5.** Ἡ κακὴ τύχη παιδεύει τοὺς ἀνθρώπους. — **6.** Καλοῖς λόγοις οὐ πιστεύομεν. — **7.** Καθ' ἑκάστην ἡμέραν κινδυνεύομεν. — **8.** Ἀδύνατόν ἐστι δουλεύειν δυοῖν δεσπόταις. — **9.** Πιστεύοιτε τοῖς ὑμῶν αὐτῶν ὀφθαλμοῖς μᾶλλον καλοῖς λόγοις! — **10.** Ἐν πάσαις (*ou* πάσαις ταῖς) πολιτείαις νόμοι εἰσὶ κωλύουσαι τοὺς κακοὺς βλάπτειν τοὺς ἄλλους (§ 118) πολίτας.

[Élève, p. 106] **101. Version.**

L'HOMME ET LA PERDRIX

Un homme qui chassait une perdrix était sur le point de la tuer; et la [perdrix] suppliait l'homme en disant : « Laisse-moi vivre; pour me remplacer (*litt.* à la place de moi-même) j'amènerai [*dans tes filets*] beaucoup de perdrix. » Mais l'homme dit : « Raison de plus (*litt.* à cause de cela même encore je te tuerai) pour te tuer, puisque tu veux tendre des pièges à tes (§ 93) amis. »

[Élève, p. 106] **102. Thème.**

Κυνηγέτης καὶ ὑλοτόμος.

Κυνηγέτης ἰχνεύων λέοντα ἀπαντήσας ὑλοτόμῳ· « Ὦ φίλε, ἔφη, ἆρ' οἶσθ' ὅπου ἐστὶ τὸ τοῦ λέοντος σπήλαιον ὃν ἐγὼ ἰχνεύω; » Ὁ δ' εἶπεν· « Ἐὰν ἐθέλῃς πιστεύειν μοι, οὐ μόνον τὸ τοῦ λέοντος σπήλαιον ἀλλὰ καὶ αὐτὸν τὸν λέοντα (*ou*, § 100, τὸν λέοντα αὐτὸν) σοὶ μηνύσω. » Ὁ δὲ κυνηγέτης : Συγγίγνωσκέ μοι, ἔφη, τοῦ γὰρ τόξου ὄντος φαύλου, ἀδύνατος εἰμὶ τήμερον τοξεύειν τὸν λέοντα. »

OBSERVATIONS SUR LA FORMATION DES TEMPS

[Élève, p. 108] **103. Exercice.**

Traduire et analyser les formes suivantes :

Κεκωλύκῃς, *que tu aies fini d'empêcher,*	2e pers. sing. subj. parf. — voix active de κωλύω, κωλύσω, ἐκώλυσα, κεκώλυκα.
Βασιλεῦσαι, *avoir régné ou régner,*	infinit. aoriste, — voix act. de βασιλεύω, σω, ἐβασίλευσα, βεβασίλευκα.
Ἐδουλεύομεν, *nous servions,*	1re pers. plur. imparf. indic., — voix act. de δουλεύω, σω, ἐδούλευσα, δεδούλευκα.
Ἱκετεύσον, *supplie,*	2e pers. sing. impér. aor., — voix act. de ἱκετεύω, σω, etc.
Πιστεύοιεν, *puissent-ils avoir confiance !*	3e pers. plur. prés. optat., — voix act. de πιστεύω, σω, etc.
Τοξεύσομεν, *nous tirerons de l'arc,*	1re pers. plur. fut. ind., — voix act. de τοξεύω, σω, etc.
Ἐθεράπευσαν, *ils (elles) entourèrent de soins,*	3e pers. plur. aor. ind., — voix act. de θεραπεύω, σω, etc.
Ἐμεμηνύκειτε, *vous aviez fini de révéler,*	2e pers. pl. plus-q. parf. indic., — voix act. de μηνύω, σω, etc.

[Élève, p. 108] **104. Exercice.**

Conjuguer à tous ses modes l'aoriste actif de βουλεύω, *méditer, projeter.*

(Ne comporte pas de corrigé.)

[Élève, p. 108] **105. Exercice.**

Conjuguer à tous ses modes le parfait actif de δεσμεύω, *lier.*

(Ne comporte pas de corrigé.)

[Élève, p. 108] **106. Exercice.**

Conjuguer le futur actif de ψαύω, *tâter*.

(Ne comporte pas de corrigé.)

[Élève, p. 108] **107. Exercice.**

Conjuguer à tous ses modes le parfait actif de στρατεύω, *faire une expédition*.

(Ne comporte pas de corrigé.)

[Élève, p. 108] **QUESTIONNAIRE**

1. On appelle *temps principaux*, le *présent*, le *futur*, le *parfait* et le *futur antérieur*. — **2.** On appelle *temps secondaires*, l'*imparfait*, l'*aoriste* et le *plus-que-parfait*. — **3.** Les temps caractérisés par l'*augment* sont les temps *secondaires*. — **4.** L'*augment syllabique* consiste dans la voyelle ε placée devant la *consonne* initiale du verbe : λύω, ἔλυον, ἔλυσα... — **5.** L'*augment temporel* est l'allongement de la *voyelle* initiale du verbe : ἐλπίζω, ἤλπιζον... — **6.** L'*augment* est propre au mode *indicatif*. — **7.** Le *redoublement* consiste à répéter, en tête du verbe, la *consonne* initiale de ce verbe, que l'on fait suivre de la voyelle ε : λύω, λέλυκα ; παιδεύω, πεπαίδευκα. — **8.** Les temps caractérisés par le *redoublement* sont le *parfait*, le *plus-que-parfait* et le *futur antérieur*. — **9.** Le *redoublement* se trouve à tous les modes. — **10.** Les verbes qui prennent l'*augment syllabique* au lieu du *redoublement* sont ordinairement les verbes qui commencent par *deux* consonnes ou par une consonne double : στρατεύω, parfait ἐστράτευκα ; ψαύω, ἔψαυκα. — **11.** κεχόρευκα, *j'ai fini de danser* : — πεφόνευκα *j'ai tué* ; τέθυκα, *j'ai fini de sacrifier*.

[Élève, p. 110] **QUESTIONNAIRE**

1. Les verbes qui prennent l'*augment temporel* au lieu du *redoublement* sont ceux qui commencent par une *voyelle* : ὁρίζω, parf. ὥρικα. — **2.** Ἔψαυκα fait au subjonctif ἐψαύκω, à l'optatif ἐψαύκοιμι, à l'impératif ἐψαυκὼς ἴσθι. — **3.** Ὡρικέναι. — **4.** L'augment mis à la place du redoublement passe à tous les modes.

REMARQUES SUR L'EMPLOI DES TEMPS ET DES MODES

[Élève, p. 111] **108. Exercice.**

Règles **138-141.**

1. Œdipe tua sans le vouloir son (§ 93) père Laïus. — **2.** Conseille-moi, mon ami, de quelle façon nous écarterons ce danger. — 3. Des bergers m'ont élevé. — 4. Jamais personne n'a projeté cela. — 5. [C'est] ce vieillard [qui] a planté ces arbres. — 6. Si nous n'avions pas la lumière, nous serions semblables à des aveugles. — 7. Ton frère (§ 96) n'aurait pas fait ces projets, s'il était sage. — 8. Il serait incapable de supplier le tyran, si la chose était nécessaire (*litt.* si supplier le tyran était chose nécessaire, il serait incapable).

[Élève, p. 111]

109. Exercice.

Règles 138-141.

1. Οἱ ποιηταὶ ἐπαίδευσαν τοὺς Ἕλληνας. — 2. Συκῆν ἐγὼ (§ 87) φυτεύσω ἵνα οἱ τοῦ ἐμοῦ υἱοῦ παῖδες ἀπολαύωσι τῶν καρπῶν. — 3. Ταύτην τὴν γεφύραν λύσομεν. — 4. Οἱ γέροντες πεφυτεύκασι ταῦτα τὰ δένδρα οὐχ ἑαυτοῖς ἀλλὰ τοῖς παισί (§§ 92 et 93). — 5. Εὐδαιμονέστερος ἦ ἄν, σωφρονέστερος ὤν. — 6. Ταύτην τὴν συμφορὰν ἐκώλυσα ἄν, φρονιμώτερος ὤν. — 7. Ἀπολαύοιμι (*ou* ἀπολαύσαιμι) ἄν ποτε τοῖς τοῦδε τοῦ δένδρου κάρποις, εἰ μὴ γέρων ἦ.

[Élève, p. 112]

110. Exercice.

Règle 141.

1. Les relations [contractées] avec des gens peu estimables, un peu de temps les rompt, mais les amitiés entre gens estimables, pas même l'éternité tout entière ne pourrait les effacer. — 2. Comme Darius sentait sa fin prochaine (*litt.* soupçonnait la fin de sa (§ 93) vie), il voulut qu'Artaxerxès et Cyrus fussent présents. — 3. Si tu disais cela, tu te tromperais. — 4. Il ne vaudrait pas la peine de vivre pour les hommes (*litt.* vivre ne serait pas pour les hommes une chose digne, § 73, 2°, *de la peine*), si les actions des méchants plaisaient (§ 56) aux dieux plutôt que celles des honnêtes gens. — 5. Sans la possession de soi-même, [il n'y aurait] pas même un homme [qui] entourerait son (§ 92) corps de soins convenables, [qui] dirigerait convenablement sa maison, [qui] serait utile à ses amis et à ses concitoyens et asservirait ses ennemis.

[Élève, p. 112] **QUESTIONNAIRE**

Règle **141.**

1. Le conditionnel *futur* se rend en grec par l'*optatif présent* ou l'*optatif futur* avec ἄν. — **2.** J'aurais délié. — **3.** Ἔλυον ἄν.

[Élève, p. 113] **111. Exercice.**

Règles **142, 143.**

1. Μὴ δουλεύητε (*ou* δουλεύσητε) ταῖς (§ 93) ἐπιθυμίαις. — **2.** Ἱκετεύετε (*ou* ἱκετεύσατε) τοὺς θεοὺς μηνύειν (*ou* μηνῦσαι) ὑμῖν τὰ ἑαυτῶν βουλεύματα. (Le pronom *réfléchi*, parce que la phrase revient à dire : priez, pour que les dieux [sujet] vous révèlent leurs desseins.) — **3.** Λύωμεν (*ou* λύσωμεν) τοὺς τῶνδε τῶν αἰχμαλώτων δεσμούς. — **4.** Μὴ συμβουλεύωμεν (*ou* συμβουλεύσωμεν) τοῖς φίλοις τὰ (§ 73) ἀμήχανα. — **5.** Μὴ δακρύωμεν (*ou* δακρύσωμεν) τὴν ἡμετέραν τύχην, ἀλλὰ τοῖς θεοῖς πιστεύωμεν (*ou* πιστεύσωμεν). — **6.** Θεραπεύετε (*ou* θεραπεύσατε) οὐ μόνον τὸ σῶμα ἀλλα καὶ τὴν ψυχήν. — **7.** Ἀξιώτατος βασιλευέτω (*ou* βασιλευσάτω) ! — **8.** Θηρεύωμεν (*ou* θηρεύσωμεν) τὰς καθαρὰς καὶ χρηστὰς ἡδονάς. — **9.** Οἱ νεανίαι τὴν τῶν φιλαναλώτων μὴ θηρευέτων (*ou* θηρευσάτων).

[Élève, p. 113] **QUESTIONNAIRE**

Règles **142, 143.**

1. Quand le verbe est à la *deuxième* ou à la *troisième* personne. — **2.** On emploie le *subjonctif*, quand le verbe est à la *première* personne. — **3.** Μὴ λυέτω *ou* μὴ λύσῃ, — μὴ λύετε *ou* μὴ λύσητε, — μὴ λύωμεν *ou* μὴ λύσωμεν.

[Élève, p. 114] **112. Exercice.**

Règles **144, 145.**

1 Crois que parmi les choses humaines aucune n'est sûre. — **2.** Le général ordonna aux Crétois de tirer de l'arc. — **3.** Tous les hommes ont le désir de savoir. — **4.** Je pense que les méchants ne sont pas heureux. — **5.** Le sophiste Protagoras disait que l'homme est la mesure de toutes choses. — **6.** Le satrape faisait ses préparatifs en vue d'une expédition militaire (*litt.* en vue de faire une expédition). — **7.** Au lieu d'avoir confiance en ceux qui leur donnent des conseils, ces jeunes gens ne se fient qu'à eux-mêmes.

[Élève. p. 114] **113. Version.**

Un Sybarite dînant à Sparte avec les Lacédémoniens, sur les bancs de bois, s'écria, dit-on : « Auparavant j'étais dans l'étonnement quand j'entendais parler du courage des Lacédémoniens; mais maintenant j'estime qu'ils ne diffèrent nullement des autres hommes. Et en effet, l'homme le plus lâche aimerait mieux mourir que de vivre de la sorte (*litt.* que de vivre une telle vie). »

[Élève. p. 115] **114. Texte d'application.**

POLYPHÈME RACONTE A POSÉIDON (NEPTUNE) COMMENT ULYSSE L'A PRIVÉ DE LA VUE

1° Traduction correcte.

En revenant du pacage, je surpris dans mon antre un grand nombre d'individus qui, évidemment, dressaient des embûches à mes brebis ; en effet, quand j'eus appliqué à la porte la pierre énorme qui sert à la boucher et que j'eus allumé le feu en enflammant l'arbre que j'apportais de la forêt, je les vis qui essayaient de se cacher ; alors j'en saisis quelques-uns, et comme c'était naturel avec des brigands, je les mangeai.

2° Transposition du texte.

Ὁ **Πολύφημος κατέλαβε** ἐν τῷ ἄντρῳ ἀπὸ τῆς νομῆς ἀναστρέψας πολλούς τινας, ἐπιβουλεύοντας δηλονότι τοῖς ποιμνίοις· ἐπεὶ γὰρ **ἐπέθηκε** τῇ θύρᾳ τὸ πῶμα (πέτρα δέ ἐστι παμμεγέθης) καὶ τὸ πῦρ **ἀνέκαυσε,** ἐναυσάμενος ὃ **ἔφερε** δένδρον ἀπὸ τῆς ὕλης, ἐφάνησαν ἀποκρύπτειν ἑαυτοὺς πειρώμενοι· ὃ δέ, συλλαβών τινας αὐτῶν, ὥσπερ εἰκὸς ἦν, **κατέφαγε,** λῃστάς γε ὄντας. (*Voir la fin*, n° 120.)

[Élève, p. 120]

115. Exercice.

§ 146. *Conj. de λύω, voix passive.*

1. Esculape fut élevé par le centaure Chiron. — 2. On sacrifiait des coqs (*litt.* des coqs étaient sacrifiés) à Esculape. — 3. Au pied de la citadelle d'Athènes, il y avait un temple de Pan; or ce temple avait été bâti après la bataille navale de Salamine (*en grec on dit la bataille* à *Salamine : le nom du lieu où une action se passe se met* toujours *au datif avec ἐν.*). — 4. Dans les guerres contre les Perses une quantité d'hommes incalculable fut tuée. — 5. Les honnêtes gens ne sont pas détournés par les artifices des méchants de projeter de belles et bonnes actions (§ 73). — 6. Aristippe disait que les hommes qui ont reçu de l'éducation diffèrent de ceux qui n'en ont pas reçu de la même façon (§ 73) que les chevaux apprivoisés diffèrent des chevaux sauvages (*ou, moins littéralement :* Aristippe disait qu'il y a la même différence entre ceux qui ont reçu de l'éducation et ceux qui n'en ont pas reçu qu'entre les chevaux dressés et les chevaux sauvages).

[Élève, p. 120]

116. Exercice.

§ 146. *Conjug. de λύω, voix passive.*

1. Ἐν ταύτῃ τῇ μάχῃ ἀναρίθμητοι στρατιῶται ἐφονεύθησαν. — 2. Ἡ τῶν Μήδων ἀρχὴ κατελύθη ὑπὸ τῶν Περσῶν. — 3. Μετὰ τὴν ἐν Μαραθῶνι μάχην πεντακόσιαι αἶγες λέγονται τυθῆναι ἐν Ἀθήναις. — 4. Οἱ τῶν πολεμίων στρατοὶ κωλυθήσονται τοῖσδε τοῖς τειχίσμασιν. — 5. Κλωδίου φονευθέντος ὑπὸ τῶν τοῦ Μίλωνος δούλων, αὐτὸς ὁ Μίλων (*ou*, § 100, ὁ Μίλων αὐτὸς) ἐφυγαδεύθη. — 6. Ἐγὼ ἐδάκρυσα ἀκούων ὅτι ὁ φίλος σου φονευθῇ.

REMARQUES SUR L'EMPLOI DU PASSIF

[Élève, p. 121]

117. Exercice.

Règles 147 et 148.

1. Ὅδε ὁ ἵππος λυτέος ἐστίν. — 2. Αὗται αἱ αἶγες θύονται. — 3. Ὅδε ὁ νεανίας παιδεύεται ὑπ' ἀγαθῶν διδασκάλων. —

4. Νεανίας καλῶς πεπαιδευμένος φεύγει τὴν τῶν πονηρῶν συνουσίαν. — 5. Τό ἱερὸν ἵδρυτο (*ce verbe n'ayant ni augment ni redoublement*, l'imparfait et le plus-que-parfait passifs *se confondent*) ὅτ' ἐπανῆλθον εἰς τὴν (§ 93) πατρίδα (§ 66). — 6. Παρὰ τοῖς Ἕλλησι, αἶγες ἐθύοντο θεοῖς τισιν. — 7. Τὸ δένδρον ἤδη ἐπεφύτευτο. — 8. Τὸ σῶμα διαλύεται θανάτῳ. — 9. Εὖ παιδευτέοι εἰσὶ παῖδες.

[Élève, p. 121] **QUESTIONNAIRE**

1. Mon frère *m'aime*. — 2. Λέλυται ἡ ἀπορία. — 3. Il faut tourner la phrase par *l'actif*.

[Élève, p. 122]

118. Version.

Un niais voulant apprendre à son âne à ne pas manger ne lui donnait pas de nourriture ; or, l'âne étant mort de faim, le niais disait : « Hélas ! que je suis malheureux ! en effet, mon âne est mort alors qu'il était dressé à ne pas manger. »

[Élève, p. 122]

119. Exercice.

Règle 149.

1. Τοῦτο τὸ ἱερὸν ἱδρύθη ταχέως. — 2. Οἱ στρατιῶται ἑαυτοὺς ἔρριπτον εἰς τὸν ποταμόν. — 3. Ἐν τῇ τῶν χρηστῶν (§ 73) ψυχῇ, ὁ τοῦ ἀγαθοῦ (§ 73) ἔρως οὐκ ἐξαλείφεται. — 4. Χρόνῳ ἐξαλείφεται λύπη. — 5. Οὗτος ὁ αἰχμάλωτος ἑαυτὸν ἔλυσε. — 6. Ἡ θάλαττα ἐβλέπετο ἀπὸ τῆς οἰκίας. — 7. Ὧδε ὁ πόλεμος ταχέως περανθήσεται. — 8. Διελύθη ἡ γέφυρα.

[Élève, p. 122] **QUESTIONNAIRE**

1. *Ces chèvres sont immolées* peut signifier : *on immole ces chèvres*, αὗται αἱ αἶγες θύονται ; ou : *on a fini d'immoler ces chèvres :* αὗται αἱ αἶγες τέθυνται. — 2. *Ce temple s'est bâti vite* signifie : « *On a bâti vite ce temple :* c'est donc l'aoriste. De plus, c'est la voix passive, parce que le sujet ne fait pas l'action sur lui-même. On traduira donc : τοῦτο τὸ ἱερὸν ταχέως ἐθύθη. — 3. Dans la phrase 5, l'expression *s'est délivré* signifie : *a délivré soi*, ἑαυτὸν ἔλυσε.

[Élève, p. 123] **120. Texte d'application.**

POLYPHÈME RACONTE A POSÉIDON (NEPTUNE) COMMENT ULYSSE L'A PRIVÉ DE LA VUE (*fin*).

Alors ce maudit scélérat d'Ulysse me versa à boire une espèce de poison d'un goût et d'une odeur agréables, mais perfide et troublant au dernier point : quand je l'eus bu, en effet, tout me paraissait tournoyer, ma caverne elle-même tournait sens dessus dessous ; en un mot, je n'étais plus en moi-même et enfin je tombai dans un profond sommeil. Et lui, ayant aiguisé la barre de bois et l'ayant en outre durcie au feu, m'aveugla pendant mon sommeil et depuis lors je suis aveugle, Poséidon.

[Élève, p. 123] **QUESTIONNAIRE**

1. Le très scélérat. — **2.** Πανοῦργος, — ἐπίβουλος. — **3.** Poison (*d'où* le français « pharmacien »). — **4.** La règle 92 : quand le pronom personnel renvoie au *sujet*, il faut employer la forme *réfléchie*. — **5.** Περιφερεσθαι, infin. présent passif de περιφέρω ; — ἐτύφλωσε, 3ᵉ pers. sing. aor. ind. voix act. de τυφλῶ ; — καθεύδοντα, acc. masc. sing. de καθεύδων, οντος, part. prés. actif de καθεύδω.

[Élève, p. 128] **121. Exercice.**

Conjuguez sur le *moyen* de λύω...

(Ne comporte pas de corrigé.)

REMARQUES SUR LE MOYEN

[Élève, p. 129] **122. Exercice.**

Règles **151**, **152**.

1. Ταῦτα ἀκούσας, ὁ Κῦρος ἐπαίσατο τὸν μηρόν. — **2.** Συμβουλευσόμεθα ὑμῖν περὶ τούτου τοῦ πράγματος. — **3.** Διάνοιαν (§ 93) πρόσεχε τούτῳ. — **4.** Αἱ μὲν γυναῖκες ἐν οἰκίᾳ, οἱ δὲ ἄνδρες ἐν τῇ ἀγορᾷ πραγματεύονται. — **5.** Πολλάκις ἐστρατεύσαντο οἱ Πέρσαι ἐπὶ τοὺς γείτονας (§ 93). — **6.** Ἐν ἐκκλησίᾳ, οἱ Ἀθηναῖοι ἐβουλεύσαντο περὶ εἰρήνης ἢ πολέμου. — **7.** Οἱ ὄρνιθες ἐμαντεύοντο τοῖς Ἕλλησι. — **8.** Γεύσεσθε τοῦδε τοῦ μέλιτος.

CHAPITRE VI

L'ADVERBE

ADVERBES DE MANIÈRE

[Élève, p. 130]

QUESTIONNAIRE

§§ 153, 154.

1. La plupart des adverbes sont terminés en ως. — 2. Ils sont formés d'adjectifs. — 3. Σοφός. — 4. Εὐδαιμόνως. — 5. Πρῶτον est proprement l'accus. neutre du singul. de l'adjectif πρῶτος ; — οὐδέν, l'acc. neut. du sing. de l'adjectif οὐδείς.

[Élève, p. 131]

123. Exercice.

Règles 153-156.

1. Nous supportons difficilement les malheurs de la vie. — 2. Alexandre envoya de l'Arabie à son précepteur Léonidas cent talents (*environ* 2620 *kilogr.*) d'encens, afin qu'il sacrifiât aux dieux sans compter. — 3. Tu parles raisonnablement, en homme sage que tu es (*litt.* étant sage). — 4. Cette affaire s'est résolue (§ 148) très difficilement. — 5. Supporter hardiment les peines (les épreuves) de la vie convient aux braves gens *ou :* il convient aux braves gens de... — 6. Tu les empêcheras d'être méchants avec moins de peine par la persuasion que par la menace (*litt.* persuadant que menaçant). — 7. Tu ne m'empêcheras nullement de faire cela.

[Élève, p. 131]

124. Exercice.

Règles 153-156.

1. Οἱ Ἕλληνες **χαλεπῶς** ἔφερον τὴν τοῦ σατράπου ἀναίδειαν. — 2. **Ἥσυχως** λέγε μοι ὃ ἐθέλεις. — 3. **Σοφώτερον** ἂν ἔπραξας διαμένων παρ' ἡμῖν. — 4. Τοῦτοι οἱ παῖδες ἀκούουσιν ἡμᾶς **προθυμότατα**. — 5. Ὅδε ὁ νεανίας λέγει **ἀφρόνως**. — 6. **Οὐδὲν** ἐγὼ ὑμῖν χαλεπαίνω.

ADVERBES DE LIEU

[Élève, p. 131] **125. Exercice.**

Règle 157.

1. Qui es-tu ? d'où viens-tu ? (*litt.* d'où venant es-tu présent ?). — **2.** Où se sont enfuis les soldats ? — **3.** Par où conduisez-vous la flotte ? — **4.** Où est ton frère ? — **5.** Montrez-nous l'endroit où nous camperons. — **6.** Les Athéniens fortifièrent la place, afin que les laboureurs s'y réfugiassent. — **7.** Où se sont enfuies les biches ? Là-bas.

ADVERBES DE NÉGATION

[Élève, p. 132] **126. Exercice.**

Règle 158.

1. Un vie heureuse n'a pas toujours une belle mort (*litt.* à vie heureuse n'est pas toujours belle mort). — **2.** Ne crois pas que les méchants sont heureux. — **3.** Tu ne serais pas heureux étant méchant. — **4.** Je vous ordonne de ne pas entourer de soins les hommes pervers. — **5.** Ne pleure pas, mais aie confiance aux dieux.

[Élève, p. 133] **127. Exercice.**

Règles 159-161.

1. Ἕτοιμοι ἐσμὲν καὶ οὐ παυσόμεθα τάδε λέγοντες. — **2.** Οὔθ' ὁ χρόνος οὔθ' ὁ θάνατος κατέλυσε ταῦτας τὰς ἔχθρας. — **3.** Οὐχ οἷός τ' εἰμὶ μηδ' ἂν ἐθέλοιμι κακὰ συμβουλεῦσαι ὑμῖν. — **4.** Οὐχ ἱκετεύω οὐδὲ δακρύω. — **5.** Οὔτ' ἄνεμος οὔτε χειμὼν τόδε τὸ δένδρον ἐκίνησεν.

[Élève, p. 134] **128. Exercice.**

Règles 160, 161.

1. Les soldats étaient empêchés de traverser le fleuve et ils n'étaient pas en état de poursuivre l'ennemi. — **2.** [Ce] n'[est] pas moi [qui] me fierai aux méchants ni [qui les] fréquenterai. — **3.** Je ne suis pas insensé et puissé-je ne l'être jamais ! — 4. Nous ne sommes ni des ignorants ni des sots. — 5. Ni les paroles ni les menaces ne m'empêcheront de le faire.

[Élève, p. 134] **QUESTIONNAIRE**

1. Par καὶ οὐ (ou καὶ μή, suivant les cas). — 2. Quand la proposition qui précède est négative. — 3. Par οὔτε... οὔτε (*ou* par μήτε... μήτε).

[Élève, p. 135] **129. Exercice.**

Règles 162-165.

1. Moi non plus, je ne l'ordonnerai pas de faire des actions honteuses(§ 73). — 2. Je ne l'ai pas frappé même du doigt. — 3. Puissions-nous n'être jamais méchants! — 4. Le général nous a ordonné de ne rien faire aujourd'hui. — 5. Jamais je ne cesserai d'entourer de soins mes (§ 93) amis. — 6. Personne dans ce combat ne fut atteint par les flèches. — 7. Il n'y a personne qui, étant injuste, ne soit méprisé (Tous ceux qui sont injustes sont méprisés).

[Élève, p. 135] **130. Exercice.**

Règles 162-165.

1. Οὐδ' ἐσήμηνα τῇ χειρί. — 2. Οὐδ' ὑμεῖς ἕτοιμοί ἐστέ. — 3. Μηδέποτε δουλεύοιμεν ! — 4. Ὁ χρόνος τὴν ἡμετέραν φιλίαν (τὴν φιλίαν ἡμῶν, § 96,) οὐδέποτε καταλύσει. — 5. Οὐδεὶς οὐ θηρεύει τὴν ἡμετέραν συμμαχίαν (ἡμῶν τὴν συμμαχίαν). — 6. Οὐχ ἡμῖν ἀγαθὰ οὐδεὶς συνεβούλευσε.

[Élève, p. 136] **131. Version.**

SUR CYRUS LE JEUNE

De tous les Perses qui vinrent au monde après Cyrus l'Ancien, Cyrus était le plus digne et d'être roi et de commander. Tout d'abord, en effet, étant encore enfant, quand il était élevé avec son (§ 93) frère et avec les autres enfants, il était considéré comme le plus estimable de tous. Car tous les enfants des Perses, les plus nobles, sont élevés dans le palais du roi : là ils apprennent la sagesse et n'entendent ni ne voient rien de honteux. Et plus tard, quand il était satrape de Lydie, de Phrygie, de Cappadoce, il était le plus habile dans les arts de la guerre aussi bien que de la paix. Or, voici une grande preuve qu'il était bon et aimable : quand il mourut, tous ses (§ 93) amis et commensaux furent tués en combattant sur son corps.

[Élève, p. 136]

QUESTIONNAIRE

1. Quand une négation simple est suivie d'une négation composée, les deux négations *ne se détruisent pas*. — **2.** Quand une négation simple est précédée d'une négation composée, les deux négations *se détruisent*. — **3.** On se sert de l'adverbe ἦ ou de l'adverbe ἆρα qu'on place en tête de la proposition.

ADVERBES D'INTERROGATION

[Élève, p. 137]

132. Exercice.

Règles **166-169.**

1. Est-ce que vous serviriez le tyran? — **2.** La tempête a-t-elle ébranlé vos maisons? — **3.** As-tu confiance en moi? Oui. — **4.** Est-ce que ton frère est insensé? Non. — **5.** Ne veux-tu pas me donner un conseil? — **6.** Est-il fou ou raisonnable?

[Élève, p. 137]

133. Exercice.

Règles **166-169.**

1. Ἦ (ἆρα) δακρύετε ; — **2.** Ἆρ' οὐ καλῶς ἐπαίδευσε τοὺς ἑαυτοῦ παῖδας; Καλῶς ἐπαίδευσεν. — **3.** Ἆρα (ἦ) ὁ στρατηγὸς ἐκέλευσε τὸν στρατὸν διαβαίνειν τὸν ποταμόν ; — **4.** Ἆρα μὴ ἀχάριστός ἐστιν ὁ ἀδελφός σου ; — **5.** Πότερον εὐδαίμονές ἐστε ἢ κακοδαίμονες ; — **6.** Ἆρα μὴ αὐτὸν συμβουλεύεις ἱκετεύειν τὸν δῆμον ; Οὔ.

[Élève, p. 137]

QUESTIONNAIRE

1. De ἆρα οὐ. — **2.** Est-ce que par hasard...? — On emploie ἆρα μή quand on prévoit que la réponse sera négative. — **3.** On emploie πότερον, au premier membre, dans une interrogation double. — 4. Par ἤ.

[Élève, p. 138]

134. Texte d'application.

CYRUS MONTRE A LYSANDRE SON PARC DE SARDES

On dit que Cyrus montra à Lysandre son parc de Sardes : Lysandre l'admirait; en voyant combien les arbres étaient beaux, comme ils étaient alignés avec précision, comme tout était régulièrement dressé, en respirant quantité de parfums suaves qui les accompagnaient dans leur promenade, il était sous le charme et s'écria : « Eh bien! oui, Cyrus, tout cela me ravit pour sa beauté, mais je fais plutôt encore mes compliments à celui qui en a tracé le plan pour toi et qui a tout mis en ordre. — Eh bien donc! Lysandre, dit Cyrus, sachez que c'est moi qui ai tout tracé, tout disposé. »

CHAPITRE VII

LA PRÉPOSITION

[Élève, p. 139]

QUESTIONNAIRE

1. *En vue de* se dit εἰς *avec l'accusatif*. — 2. *Écrire sur l'eau*. — 3. Ἐν (*avec le datif*). — 4. Εἰς (*avec l'accus.*).

[Élève, p. 140]

135. Exercice.

§§ 171, 172, 173.

1. Τοὺς ἀνθρώπους παιδεύομεν εἰς τὴν ἀρετήν. — 2. Εἰς τὴν οἰκίαν ἴωμεν. — 3. Θαυμάσιά ἐστιν ἡ τοῦ παιδὸς εἰς σε φιλία. — 4. Ὁ στρατὸς εἰς τοὺς Πέρσας ἐβάδιζεν. — 5. Ἐν τῇ οἰκίᾳ ἔθυσαν τοῖς θεοῖς. — 6. Αἱ νῆες ἐν τῷ ποταμῷ εἰσιν. — 7. Οἱ Βοιωτοὶ σὺν τοῖς Ἀθηναίοις ἐμάχοντο τοῖς Μακεδόσι. — 8. Οἱ στρατιῶται ἀπέρχονται ἀπὸ τῆς κώμης. — 9. Οἱ ψιλοὶ ὥρμησαν ἐκ τῆς ὕλης εἰς τοὺς ὁπλίτας. —

10. Οἱ ἡμέτεροι ἀδελφοὶ σώφρονες ἦσαν ἐκ παίδων. — **11**. Ἀντὶ τούτου τί συμβουλεύεις; — **12**. Οἱ στρατιῶται πρὸ ἡμέρας παρασκευάζονται.

[Élève, p. 140] **QUESTIONNAIRE**

1. Ἀπὸ correspond au latin *ab*. — 2. Ἀπὸ s'emploie pour marquer qu'on *s'éloigne* d'un lieu *dans lequel on n'était pas entré*, ἐκ pour marquer qu'on *sort* d'un lieu *dans lequel on se trouvait*. — 3. En parlant d'une seule personne; — en parlant de plusieurs. — 4. *Au lieu de, en échange de.*

[Élève, p. 141] **QUESTIONNAIRE**

1. Διά, signifiant *pendant* se construit avec le *génitif*. — 2. Il passe par la place publique. — 3. Διά, avec l'*accusatif* signifie *à cause de*. — 4. Κατά avec le *génitif*. — 5. Κατά avec l'*accusatif* signifie *conformément à, selon*.

[Élève, p. 142] **136. Exercice.**

§ 174.

1. Ὁ στρατὸς διὰ τῆς κώμης ἐπορεύσατο. — **2**. Δι' ὅλον ἐνιαυτὸν ἡ χώρα ἥσυχος ἦν. — **3**. Ἐγὼ ὑμῖν τὴν (§ 93) γνώμην μηνύσω διὰ μύθου. — **4**. Ὁ Νέρων περιβόητός ἐστι διὰ τὴν μανίαν καὶ τὴν ὠμότητα. — **5**. Οἱ στρατιῶται κατὰ τοῦ τειχίσματος ἑαυτοὺς ῥίπτουσιν. — **6**. Ὁ Δημοσθένης λέγει κατὰ τοῦ Φιλίππου. — **7**. Παντ' ἐγὼ πράττω κατὰ τὰς ἐπιθυμίας ὑμῶν. — **8**. Ἡσυχαίτεροι ἐσόμεθα μετ' αὐτοῦ ἢ μόνοι. — **9**. Μετὰ Καμβύσην, Δαρεῖος τῶν Περσῶν ἐβασίλευσε. — **10**. Ὑπὲρ τῆς γῆς ἐστιν ἀὴρ καὶ νεφέλαι. — **11**. Ὑπὲρ τῆς πατρίδος ἀποθνήσκω. — **12**. Οἱ ὑπὲρ τὸν Ἕβρον Θρᾷκες ἡσυχάζον. — **13**. Ὑπὲρ ἡμῶν ἐστι τόδε. — **14**. Φροντίζομεν περὶ τοῦ πολέμου. — **15**. Ἔχω θώρακα περὶ τὸ στέρνον.

[Élève, p. 142] **QUESTIONNAIRE**

1. Après cela. — 2. *Avec*. — 3. Ὑπὲρ ὑμῶν. — 4. Περί avec le *génitif* signifie *au sujet de*.

[Élève, p. 143]

137. Exercice.

§ 175, 1° et 2°.

1. Βαρυνόμεθα ὑπὸ κακῶν τινων. — **2**. Ὁ λίθος τῷ δρόσῳ ἐβρέχετο. — **3**. Ὑπὸ γῇ, πάντα ἐστὶ (§ 56) σκοτεινά. — **4**. Καταφεύγω ὑπὸ τόδε τὸ δένδρον. — **5**. Ἥκω παρὰ τοῦ ἡμετέρου ἀδελφοῦ. — **6**. Τοῦτο λαμβάνω παρ' ὑμῶν. — **7**. Παρὰ τοῖς Πέρσαις, νόμος ἦν θῦσαι τῷ ἡλίῳ.

[Élève, p. 144]

138. Exercice.

§ 175, 2°, 3°, 4°.

1. Ἥκω παρά σε ἱκέτης. — **2**. Ἡ στρατία παρὰ τὴν ὕλην ἐπορεύθη. — **3**. Παρὰ τὸν ποταμὸν ἦσαν καλαὶ κῶμαι. — **4**. Ηὐτυχήσαμεν παρ' ἐλπίδα. — **5**. Ὁ στρατηγὸς ἦν ἐπὶ τοῦ ἵππου. — **6**. Ἡ κώμη ἐστὶν ἐπὶ τῷ ποταμῷ. — **7**. Ὅδε ὁ ἄνθρωπος δανείζει ἐπὶ τόκῳ. — **8**. Ἐπὶ θήραν πέμπω τὸν πατέρα καὶ τοὺς φίλους (§ 93). — **9**. Ὁ τῶν ὁπλίτων λόχος ἦν πρὸς τῆς κώμης. — **10**. Οὗτοι οἱ λόγοι πρὸς σοφοῦ ἀνθρώπου εἰσίν.

Elève, p. 145]

139. Exercice.

§§ 175, 4°, 176, 177.

1. Πρὸς τῇ γεφύρᾳ ἐστὶ καλὸς παράδεισος. — **2**. Πρὸς τούτοις τοῖς κτήμασι ὁ θεὸς παρέσχεν ἡμῖν τὴν τῆς ψυχῆς εἰρήνην. — **3**. Πρὸς τοῦτο ἐγὼ ὑμῖν συμβουλεύω. — **4**. Πρὸς τὸν λιμένα βλέπετε. — **5**. Ἄνευ σωφροσύνης εὐδαιμονία ἐστὶν οὐδεμία. — **6**. Πλὴν τούτων τῶν στρατιώτων, τὸν ποταμὸν οὐδεὶς διαβαίνειν ἐβούλετο. — **7**. Τῷ ἀδελφῷ μου συμβούλευε (*ou*, § 142, συμβούλευσον), ἐμὴν χάριν.

[Élève, p. 145]

QUESTIONNAIRE

1. *Par* (à côté d'un verbe passif). — 2. Παρά (avec le génitif). — 3. *Auprès de, chez* (question *quo*); *le long de; contrairement à*. — 4. Πρός (avec l'accus.). — 5. *Du côté du fleuve; — tout près des* portes ; — *contre* les ennemis.

TABLE DES MATIÈRES

Textes d'application.

Versions.

Thèmes.

Exercices et questionnaires.

Paris. — Imp. E. Capiomont et Cie, rue des Poitevins, 6

Librairie Armand Colin, 5, rue de Mézières, Paris.

Cours RIEMANN et GOELZER
(Programmes de 1902).

LANGUE LATINE

La Première Grammaire Latine (*Classes de Sixième et de Cinquième*), avec Exercices en regard des règles et Lexiques. 1 vol. in-18 jésus, cart. 1 50

Exercices Latins (*Classes de Sixième et de Cinquième*), avec Lexiques. 1 vol. in-18 jésus, cart. . . . . 2 »

La Deuxième Grammaire Latine (*Classes de Quatrième et de Troisième*), avec Exercices en regard des règles et Lexiques. 1 vol. in-18 jésus, cart. 2 50

Grammaire Latine complète (*Classes de Seconde et de Première*) : Théorie seule, étude des formes, syntaxe, latinismes et gallicismes. 1 vol. in-18 jésus, cartonné. 3 50

LANGUE GRECQUE

La Première Grammaire grecque (*Classes de Quatrième et de Troisième*), avec Exercices en regard des règles et Lexiques. 1 vol. in-18 jésus, cart. . 2 »

Exercices Grecs (*Classes de Quatrième et de Troisième*), avec Lexiques. 1 vol. in-18 jésus, cart. . . . . 2 »

Grammaire grecque complète (*Classes de Seconde et de Première*), sans Exercices. 1 vol. in-18 jésus, cartonné. . . . . 3 »

Exercices Grecs (*Classe de Seconde*). In-18 jésus, cartonné. . . . . 2 »

Exercices Grecs (*Classe de Première*). In-18 jésus, cartonné. . . . . 2 »

Paris. — Imp. E. Capiomont et Cie, rue de Seine, 57. (N° 200)

www.ingramcontent.com/pod-product-compliance
Ingram Content Group UK Ltd.
Pitfield, Milton Keynes, MK11 3LW, UK
UKHW021004220726
13924UKWH00002B/895

9 782019 939854